倉阪鬼一郎

お江戸晴れ
新・人情料理わん屋

実業之日本社

実業之日本社文庫

お江戸晴れ　新・人情料理わん屋　目次

お江戸晴れ　新・人情料理わん屋

第一章　蒲焼きとほうとう鍋

一

晩秋の江戸の空は、さわやかに晴れあがっていた。

ここは通油町《とおりあぶらちょう》――。

世の中が平らかで、物事が円くおさまるように。

そんな願いをこめて、人情料理わん屋では、すべての料理が円い器で供される。飯の茶碗も、汁の椀も、料理を載せた皿も小鉢も、香の物の小皿も、すべてが円い。これが円い盆に載って運ばれてくるから、客からはときどき「目が回りそうだ」と言われる。

「そうか、わん屋じゃ秋刀魚《さんま》の塩焼きは食えねえんだな」

「尾の張った長《なげ》え秋刀魚は、角皿じゃねえと載らねえからよ」

「円い皿だと、こんなでけえもんになっちまう」

そろいの半纏《はんてん》を上にまとった大工衆の一人が大仰な身ぶりをした。

「塩焼きはよそで食えばいいさ」

「わん屋の蒲焼《かばや》きはうめえからよ」

いくらか離れたところから、職人衆が言った。

「飯も汁もうめえぜ」

「ことに、このけんちん汁はうめえ。胡麻《ごま》油の香りがぷーんとしてよ」

「具もたっぷりだ」

大工衆が答えた。

わん屋ではまず中食《ちゅうじき》を出す。

あるじの真造《しんぞう》が腕によりをかけてつくった料理を、おかみのおみねとお運びの娘が運ぶ。うまくて盛りもいいわん屋の中食は人気で、おおむね日に四十食の中食が売れ残ることはなかった。

その日の膳の顔は秋刀魚の蒲焼きだった。

大きな円皿が要り用だから出せない塩焼きの代わりに、わん屋では秋刀魚は蒲焼きにすることが多かった。蒲焼きは鰻《うなぎ》や穴子もいいが、秋刀魚もうまい。

そのほかに、刺身にすることもある。煮おろしもうまい。真造は手だれの料理人だから、一つの食材でいくつもの料理を仕上げることができる。

「毎度ありがたく存じました」

おみねのいい声が響いた。

「ありがたく存じます」

入って間もないお運びの娘のおすずも和《わ》す。

「またのお越しを」

真造も厨《くりや》から言った。

「ああ、うまかったぜ」

「明日もわん屋だな」

客から満足げな声が返ってきた。

わん屋の中食は、今日も好評のうちに売り切れた。

二

二幕目に入ると、まず人情家主の善之助《ぜんのすけ》が姿を現した。

続いて、通《とおり》二丁目の塗物問屋、大黒屋《だいこくや》の隠居の七兵衛《しちべえ》も顔を見せた。いつものように、手代の巳之吉《みのきち》がお付きだ。

「またそろそろわん市ですね、ご隠居」

家主が声をかけた。

「早いものだね。三月に一度だと、すぐ来てしまうよ」

七兵衛が答えた。

春夏秋冬、季節ごとにわん市が開催される。七兵衛はその肝煎《きもい》りだ。

「まあ、場所も品を出すほうも、もう慣れたものでしょうから」

善之助が笑みを浮かべた。

「そうだね。みなに任せていればいいから、肝煎りは楽なもので」

隠居が笑みを返した。

わん市の舞台は、愛宕権現《あたごごんげん》裏の光輪寺《こうりんじ》だ。住職の文祥《ぶんしょう》和尚が器道楽で、快く本堂を貸してくれている。
季節に一度、初めての午《うま》の日、わん市でさまざまな円い器などが売られる。
大黒屋の塗物、美濃屋《みのや》の瀬戸物、千鳥屋《ちどりや》のぎやまん物。
親方の太平《たへい》と、弟子で真造の次兄に当たる真次《しんじ》がつくった木目の美しい椀。網《あ》
代《じろ》模様が鮮やかな丑之助《うしのすけ》の竹細工。
松蔵《まつぞう》の盆に、一平《いっぺい》の盥《たらい》もある。円くないのは富松《とみまつ》の竹箸くらいだ。
わん市の品は縁起物で、すべてが円くおさまり、福が来る。そういうふれこみ
でいくたびも催されてきたから、すっかり江戸の風物詩のごときものとなってい
る。
ほどなく、料理が運ばれてきた。
多めにつくった秋刀魚の蒲焼きを茶漬けに仕立てたひと品だ。これから得意先
廻りに出る七兵衛と、長屋の見廻りをする善之助がともに頼んだ。
「小腹を満たすにはちょうどいいね」
大黒屋の隠居が箸を止めて言った。
隠居とはいえ、長年培ってきた顔を活かした得意先廻りは欠かさない。わん市
と、毎月十五日にわん屋で行われるわん講の肝煎りもあるから、なかなかに忙し

い。

「おいしゅうございます、大旦那さま」

お付きの巳之吉が満面に笑みを浮かべる。

「おろし山葵《あさび》が茶漬けを引き立てていますな」

家主も満足げに言ったとき、また客が入ってきた。

「まあ、いらっしゃいまし、先生」

おみねが声をかけた。

わん屋に姿を現したのは、戯作者の蔵臼錦之助《くらうすきんのすけ》だった。

三

「できたてのを持ってきました」

蔵臼錦之助が芝居がかったしぐさで刷り物をかざした。

かわら版だ。

「わん屋が皮切りですかい？」

家主が驚いたように問うた。

「いやいや、両国橋の西詰でさばいてから来たんで」

戯作者が笑みを浮かべた。

表情から察するに、売れ行きは上々だったらしい。

「何か起きたんでしょうか」

酒とお通しを運んできたおみねがたずねた。

「辻斬りが起きましてな」

蔵臼錦之助がそう答えて刷り物を渡した。

本業の戯作で久しく当たりが出ていないから、かわら版の文案や商家の引札(広告)づくり、果てはわらべが泣きだしかねない異貌を活かした見世物小屋の呼び込みまで、何でも見境なくこなしている。才気煥発と器用貧乏は紙一重だ。

「そりゃあ物騒だね。……ああ、うまかった」

七兵衛が箸を置いた。

「ごちそうさまでした」

巳之吉が両手を合わせる。

「あとで旦那がたもこちらに見えるでしょう。実は、辻斬りの件は大河内《おおこうち》様から教えていただいたのですが」

戯作者が言った。

「さようですか。御用組の旦那がたが」

おみねがうなずいた。

世に知られない影御用に携わり、悪党どもを懲らしめているのが御用組だ。

「で、辻斬りはどこで起きたんだい？」

家主がたずねた。

「かわら版を読みましょうか」

おみねが刷り物を軽くかざした。

「ああ、頼みますよ。厨にも聞こえるように」

善之助は真造のほうを手で示した。

真造が軽く右手を挙げた。

「では」

のどの具合を調えてから、おみねはかわら版を読みだした。

こんな文面だった。

四ツ谷《よつや》御門外、麴町《こうじまち》八丁目より、暮夜《ぼや》、恐ろしき悲鳴が響きたり。

何事ならんと番所の役人が駆けつけてみたれば、こはいかに、武家が一人《いちにん》、地に伏して絶命してゐをり。

のちの検分によれば、一刀両断、実に鮮やかな剣筋なりき。よほどの手だれのしはざならん。

辻斬りの犠牲となりしは、番町《ばんちょう》に住まへる旗本の次男なり。道場にて腕を磨きし遣ひ手なれど、抜刀の中途で絶命してゐをり。

恐るべし、辻斬り。凄まじき速さの剣の動きならん。願はくは、次なる贄《にえ》が出ぬことを。


「麴町の界隈《かいわい》には道場がいくつかあって、武家の子弟も通っているね。何にせよ、気の毒なことで」

七兵衛が眉を曇らせた。

「続かなければいいですが」

善之助も言う。

「一度味を占めたら、またやりたくなったりするでしょうからな。どうも嫌な感じがしますな」

蔵臼錦之助が顔をしかめた。

ここで戯作者が頼んだ料理が来た。

煮奴《にやっこ》だ。

豆腐と葱《ねぎ》をだしで煮ただけの簡便な料理だが、これがなかなかに侮れない。だしをたっぷり吸った豆腐も葱も存分にうまい。酒にも合う。

「では、わたしは得意先廻りに」

七兵衛が腰を上げた。

手代も続く。人情家主もほどなく見廻りに出ていった。

「やはり、この味ですな。うまかった」

煮奴を平らげた戯作者が笑みを浮かべた。

この御仁、犬でも食いそうな風貌とはうらはら、いささか窮屈なところがあって、肉や魚や貝などの生《しょう》のものをいっさい口にしない。

「田楽もできますが。豆腐と茄子《なす》で」

真造が厨から声をかけた。

「なら、いただきましょう」

戯作者がすぐさま答えた。

四

戯作者が田楽を肴《さかな》に呑んでいると、御用組の面々が姿を現した。

「かわら版は飛ぶように出ましたよ」

蔵臼錦之助が大河内同心に言った。

「そうかい。そりゃ何よりで」

大河内鍋之助《なべのすけ》が渋く笑って、座敷に上がった。

名前は鍋之助だが、細面《ほそおもて》であごがきりっととがっている。錐之助《きりのすけ》のほうがふさわしい風貌だ。

「囲炉裏《いろり》のはたが空いてるな」

かしらの海津力三郎《かいづりきさぶろう》与力が続いた。

髷が豊かで押し出しがいい。御用組のかしららしい貫禄のある男だ。

「煮奴鍋でも、ほうとう鍋でもお出しできますが、いかがいたしましょう」

おみねが水を向けた。

「なら、ほうとうでいいか？」

海津与力が手下《てか》に問うた。

「味はどっちだい？」

大河内同心がおみねに訊《き》く。

「今日は甲州の味噌仕立てで」

わん屋のおかみが答えた。

「ありゃあ、あったまってうめえんだ」

色白の男が笑みを浮かべた。

忍びの血を引く千之助《せんのすけ》だ。人形かと思うほど整った顔立ちだが、おみかという女房をもらったばかりで、いくらか倖《しあわ》せ太りをしているように見える。

「武州の醤油仕立てもいいが、味噌仕立てもうまい。終《しま》いのおじやまで、たっぷり食うぞ」

海津与力が白い歯を見せた。

「承知しました。いま仕度しますので」

おみねが笑みを浮かべた。

「で、辻斬りの咎人《とがにん》の当たりはついたんですかい？」

一枚板の席から、戯作者がたずねた。

「いや、すぐには無理だな。目と鼻の先で不浄の血を流された道場主が義憤に駆られて、門弟とともに惜しまず力を貸すと言ってくれたが」

海津与力が答えた。

「そりゃ気分が悪いでしょうな」

蔵臼錦之助がうなずく。

「そのうち手が空いたら、竜之進《りゅうのしん》にこちらのほうをやってもらうかもしれねえが」

大河内同心が怪しげな手つきをした。

今日は顔を見せていないが、御用組にはもう一人、新宮《しんぐう》竜之進という男がいる。薬研堀《やげんぼり》のえん屋のあるじだ。

わん市では円いものが一堂に会して売られるが、えん屋はそれを常見世《じょうみせ》にしたようなものだった。値《あたい》はどれも三十八文、目移りがするほどさまざまな品が売られている。どれも縁起物で、「えん結び」になるようにとの願いをこめてえん屋と名づけられた。

女房のおちさとともにえん屋を切り盛りしている竜之進には、もう一つの顔がある。

易者だ。

剣の腕にも覚えがあるが、こちらのほうも並々ならぬ力量で、立てた卦《け》がよく当たるという評判だった。

「えん屋のほうが忙しいみたいだからな。繁盛で何よりだ」

海津与力がそう言って猪口の酒を呑み干した。

「おとつい顔を出したら、ずいぶん客が入ってましたな」

千之助が茶を啜《すす》った。

まったくの下戸で、奈良漬けひと切れでも目を回しかねない。忍び仕事はお手の物だが、苦手なものもある。

「引札を書いた甲斐があります」

蔵臼錦之助が笑みを浮かべたとき、また客が入ってきた。

近くの道場、鍛錬館《たんれんかん》の道場主の柿崎隼人《かきざきはやと》と門人たちだった。

五

「よし、もう一回」

柿崎隼人が手で構えをつくった。

「えいっ」

わらべが踏みこみ、小さな竹刀を振り下ろす。

わん屋の跡取り息子の円造《えんぞう》だ。

当時は数えだが、今年は満で三つになった。前に比べると体つきがずいぶんしっかりしてきた。

「おう、いいぞ」

柿崎隼人が笑みを浮かべた。

「先々は剣豪だな」

門人もおだてる。

ほめられた円造は、花のような笑顔になった。

「いい塩梅《あんばい》に煮えてきたな」

囲炉裏のはたで、大河内同心が言った。

「味噌がいい香りで」

千之助が手であおぐ。

「やつがれにも小分けで」

蔵臼錦之助が手を挙げた。

「なら、あとで取り分けます」

おみねが言った。

円造の剣術ごっこが終わった。剣術指南の武家と弟子たちには穴子の天麩羅《てんぷら》が出た。わん屋では長い皿を使えないから、いくつにも切って巧みに積んだ筏揚《いかだあ》げだ。間違っても一本揚げにはならない。

「さくっと揚がっていてうまい」

柿崎隼人が満足げに言った。

「わん屋の天麩羅は、どれも格別で」

「かき揚げまで円いんだから」

門人たちが言った。

円い金網を職人に発注し、箸も巧みに用いてかき揚げを仕上げる。かき揚げまで円くするのが真造のこだわりだ。

「ほうとうは、とろみがあってうまいな」

海津与力が言った。

「油揚げが味を吸ってうめえや」

千之助が白い歯を見せた。

「南瓜《かぼちゃ》がいい味を出してるぜ」

大河内同心も満足げに言う。

「生のものを食さないやつがれには何よりですな」

取り分けたほうとうを胃の腑に入れた戯作者が言った。

そんな調子で箸を動かしているうち、また辻斬りの話題になった。

「麹町の錬成館《れんせいかん》が道場を挙げて咎人探しに乗り出すと言ってくれているし、そのうち尻尾をつかめるだろう」

御用組のかしらがそう言って、猪口の酒を呑み干した。

「ほう、錬成館ですか」

聞きつけた柿崎隼人が声をあげた。

「知っているのか」

海津与力が問う。

「かつて、他流試合で竹刀をまじえたことがあります。鍛錬の一環で、江戸じゅうの道場を廻っていたころのことですが」

鍛錬館の道場主が答えた。

「道場主の山之内左近《やまのうちさこん》はなかなかの遣い手のようだ」

と、海津与力。

「骨のある剣士ですよ。弟子も精鋭ぞろいで」

おのれも遣い手の柿崎隼人が言った。

「それなら、そのうち咎人が捕まりますな。またかわら版で稼がねば」

蔵臼錦之助が気の早いことを口走った。

ほうとう鍋の具があらかたなくなったところで、二幕目のおじやになった。

だしを足し、飯を入れて玉子でとじる。これがまた笑いだしたくなるほどうまい。

「うめえな」

大河内同心がうなった。

「初めからつくったら、この味にはならねえや」

千之助が和す。

「ほうとう鍋がひと仕事したあとのおじやだからな。格別な味だ」

海津与力がうなずいた。

ここで円造がとことこと近づいてきた。

「円ちゃんも」

小さな手を挙げる。

「これ、お客さまのでしょう」

おみねがすかさずたしなめた。

「いや、身内みてえなもんだから。取り分けてやるから、小ぶりの茶碗をくんな」

大河内同心が言った。

「さようですか。すみませんねえ」

と、おみね。

「今日だけだぞ」

真造がクギを刺す。

「うん」

わらべは殊勝にうなずいた。

当時のわらべはわりかた大きくなるまでおっかさんの乳を呑んでいたが、さすがに食い物屋のせがれだけあって、円造はいろいろなものを食べたがるたちだ。ほどなく、おじやが取り分けられた。

「やけどするなよ」

千之助が言う。

「息を吹きかけてから食え」

柿崎隼人が言った。

鍛錬館の面々には、円いかき揚げが載ったうどんが出ている。酒を呑んだあとの締めに食すにはもってこいだ。

「ふうふう」

円造は言われたとおりに息を吹きかけた。

「そろそろいいわよ」

見守っていたおみねが言った。

円造はややごこちない手つきで箸を動かし、おじやを口中に投じた。

「うまいか」

海津与力が問う。

「うんっ」

跡取り息子が元気よく答えたから、わん屋に和気が漂った。

第二章　辻斬りの闇

一

次の辻斬りが起きたのは、十月に入ってまもない晩のことだった。

場所はわん市の舞台に近い愛宕権現の裏手で、微醺《びくん》を帯びた二人の武家が斬られていた。

むくろを検分したところ、またしても一刀両断、どちらも鮮やかな剣筋だった。いくらか酒が入っていたとはいえ、二人の武家は道場仲間で、互いに技を磨き合う仲だった。にもかかわらず、まるで藁人形を斬るがごとくにやられていた。

二度目の辻斬りはさっそくかわら版のたねになった。舞文曲筆《ぶぶんきょくひつ》から察するに、文案をつくったのは蔵臼錦之助と察せられた。

わん屋は二幕目に入っていた。

「光輪寺の近くで辻斬りが起きましたね」

美濃屋の正作《しょうさく》が眉をひそめた。

住吉町《すみよしちょう》の瀬戸物問屋のあるじだ。わん講では古株で、いつもわん市で多くの品を出している。

「驚いたね。わん市の当日じゃなくてよかったけれど」

肝煎りの七兵衛が言った。

「そのうち町人も狙われるかもしれませんね。物騒なことで」

正作はそう言って、長芋の煮物に箸を伸ばした。

「腕に覚えがありそうだから、武家しか狙わないと思いたいがねえ」

大黒屋の隠居も続く。

「ああ、これは味がしみていておいしいです」

煮物を食した美濃屋のあるじが言った。

皮を剝いて半月切りにした長芋をほどよく煮て、長葱を合わせる。煮干しを入れ、あくを取って落し蓋をするのが勘どころで、いい塩梅に味のしみた煮物になる。

「ほくほくしていてうまいよ」

七兵衛がおみねに言った。

「ありがたく存じます」

わん屋のおかみが頭を下げる。

「うちの瀬戸物も喜んでいますよ」

正作が器を手で示した。

青い波模様が入った円い瀬戸物に、半月切りの長芋の煮物がよく合う。

わん市が近いから、肝煎りの七兵衛と重鎮の正作の二人で段取りの打ち合わせを行ったところだ。大黒屋の塗物、美濃屋の瀬戸物、それに千鳥屋のぎやまん物、ひとまずその三つがそろえば市にはなる。

あとの職人衆の品は、ほかの仕事との兼ね合いだ。たくさん出せるときもあれば、品が薄いときもある。

ただし、職人はわん市で実演をしながら品をあきなうことができるのが強みだ。

竹箸づくりの富松は、それが縁で先だって女房を娶《めと》ったほどだ。

「そろそろ次の肴をお持ちしますので」

おみねが笑みを浮かべて下がっていった。

座敷では、二人のお付きが円造を双六《すごろく》で遊ばせていた。大黒屋は巳之吉、美濃屋は信太《しんた》、どちらも気のいい手代だ。

「わあ、京に近づいた」

円造が声をあげた。

「強いな、円ちゃん」

「だれも勝てないよ」

お付き衆がほめる。

ここで新たな客が入ってきた。

「おう」

右手を挙げたのは、御用組の大河内鍋之助同心だった。

そのうしろに、初顔の武家が二人いた。

「辻斬りの咎人探しに力を貸してくれることになった錬成館の剣士たちだ」

大河内同心がそう紹介した。

二

「助っ人は心強いですね、旦那」

大黒屋の隠居がそう言って、大河内同心に酒をついだ。

「おのれから名乗りを挙げてくれたんだから、頼もしいかぎりで」

御用組の同心がさっそく猪口の酒を呑む。

「もうこれ以上、江戸で不浄の血は流させませぬぞ」

整った顔立ちの武家が言った。

麹町の道場、錬成館の道場主、山之内左近だ。まだ三十路《みそじ》に差しかかったくらいの若さだが、すでに一家を構えている。

「次はわれらが辻斬りを成敗いたしますゆえ」

もう一人の剣士が歯切れよく言った。

師範代の島ヶ原《しまがはら》大膳《だいぜん》だ。道場主も師範代も清浄な白い道着をまとっている。遠目には神職にも見えるいでたちだ。

「次は町人が狙われるかもしれないので、おちおち町を歩いてもいられません。どうかよしなに」

七兵衛がそう言って、道場主に酒をついだ。

「江戸のためによろしゅうに」

美濃屋の正作が師範代に向かって頭を下げる。

「われらにお任せあれ」

さわやかな白い歯がのぞいた。

ここで次の肴が運ばれてきた。

穴子の照り焼きだ。

白焼きにした穴子にたれを塗って香ばしく焼き、食べやすい長さに切って円皿に盛り付ける。切り口が円い甘藷《かんしょ》の煮物も添えられているのがなかなかに小粋だった。

「ちょうどいい塩梅でうまいですな」

錬成館の道場主が満足げに言った。

「粉山椒《こさんしょう》の振り方もちょうどいい」

師範代も和す。

「これからもよろしゅうに」

おみねが如才なく言った。

「次は、辻斬りを成敗した祝いで来るぞ」

山之内左近が笑みを浮かべた。

「それは楽しみで」

島ヶ原大膳も表情をやわらげた。

「何にせよ、頼むぞ」

今度は大河内同心が酒をついだ。

「お任せあれ」

「必ず仕留めてみせましょう」

錬成館の剣士たちが力強く言った。

三

臙脂色《えんじいろ》ののれんに日が差している。
○に「えん」と染め抜かれた文字が鮮やかだ。
ここは薬研堀。

円いものなら何でも三十八文であきなうえん屋は、なかなかの繁盛ぶりを見せていた。人の口から口へとうわさが広まり、江戸のほうぼうから客が来てくれるようになった。見世があるのはいくらか奥まったところだが、繁華な両国橋の西詰に近いから、芝居見物の帰りなどにふらりと立ち寄ることもできる。

そのえん屋に、わん市の肝煎りの七兵衛が姿を現した。

「今日も気張ってるね」

そう言って、見世の右手に据えられた置き看板をぽんと手でたたく。

柱から出た男女一対の手が、円い器を支える凝った造りの看板だ。

円い器は鮮やかな朱色だ。そこによく目立つ金文字で「えん」と記されている。

「ずっと立ちっぱなしで大儀だな」

一緒に来た千之助も柱を軽くたたいた。

柱には文字がこう刻まれている。

開運うつは
どれでも三十八文

目立つ置き看板だから、ふらりと入ってくれる客もいる。七兵衛の大黒屋を筆頭に仕入れ先がしっかりしているから、手堅いあきないになっていた。

「御免よ」

大黒屋の隠居がまずのれんをくぐった。

今日もお付きの巳之吉がお供だ。

「いらっしゃいまし」

おかみのおちさのいい声が響いた。

「おいらはちょいと伝《つた》え言《ごと》が」

千之助が奥の帳場に座っていた竜之進に声をかけた。

「どんな伝え言で？」

竜之進が問うた。

「ここんとこ、辻斬りが続けざまに起きたりして物騒だから、こっちのほうをやってくれと、かしらから」

忍びの血を引く男が怪しげな手つきをした。

「こっちのほうだね」

七兵衛も真似をする。

筮竹《ぜいちく》を操るしぐさだ。

易者といえば長い白髯《はくぜん》の年寄りがもっぱらだが、青い作務衣をまとった役者にしたいようなえん屋のあるじも並々ならぬ力量を備えた易者だ。御用組ではその卦に信を寄せている。

「承知しました。今夜にでも行いましょう」

竜之進はそう請け合った。

「わん市のほうも頼みますよ。もういくらも日がないけどね」

七兵衛が言った。

「はい。当日は見世《みせ》を閉めますので、明日にでも貼り紙を出しておこうかと」

竜之進は笑みを浮かべた。

「気張って売りますので」

売り子をつとめるおちさが言った。

「頼りにしてますよ」

わん市の肝煎りが笑顔で答えた。

四

畏《かしこ》み畏み申す……

芯のある声が響いた。

白装束に身を包んだ竜之進が祝詞を唱える声だ。

橘町《たちばなちょう》の長屋の一室だから声は抑えめだが、しかるべき結界を張り、蠟燭を立て、いま祝詞を終えたところだ。

おちさは結界の外に座り、じっと竜之進を見守っている。

若き易者の手が小気味よく動き、筮竹を操る。

「えいっ」

鋭い声が放たれた。

卦が出た。

竜之進が見つめる。

かなり長いあいだ、竜之進は筮竹の並びを凝視していた。

ややあって、若き易者はふっと一つ息をついた。

おちさのほうを見る。

その顔には、いくらか困惑の色が浮かんでいた。

「良くない卦でしょうか」

おちさがたずねた。

「いや」

竜之進は首を横に振ってから続けた。

「必ずしも良くない卦ではないのだが、落とし穴に気をつけよ、しっかり足元を見よと告げられた」

「しっかり足元を」

おちさがうなずいた。

「そうだ。灯《あか》りの真下は、かえって見過ごしやすかったりする。そのあたりに気をつけよということだろう」

竜之進は引き締まった顔つきで言った。

「なるほど」

おちさは蠟燭のほうを見た。

「さっそく明日にでもかしらに伝えてこよう」

竜之進の表情がいくらかやわらいだ。

「お見世は一人でも切り盛りできますから」

おちさが笑みを浮かべた。

「ああ、頼むよ」

竜之進が笑みを返した。

五

「なるほど、落とし穴に気をつけろと」

海津与力がうなずいた。

「はい。そういう卦が出ましたので」

竜之進が言う。

翌日のわん屋の二幕目だ。ほかに大河内同心と千之助もいる。

「いろいろと動いてきましたな」

大河内同心がそう言って、秋刀魚の焼き目寿司を口中に運んだ。

長い角皿がないわん屋では尾の張った秋刀魚の塩焼きを出せない。そこで、蒲焼きなどに仕立てて円皿に盛っているのだが、焼き目寿司もその工夫の一つだ。

三枚におろした秋刀魚の皮目をこんがりと焼き、下に向けておろし山葵を塗っておく。ここに煎り胡麻をまぜた寿司飯を置き、ぎゅっと締めてさらしで巻いてから切れば、切り口も円い小粋な寿司になる。

「辻斬りのほうから動いてくるとはな」

海津与力も焼き目寿司に箸を伸ばした。

「大胆な野郎で」

千之助が苦笑いを浮かべた。

「野郎どもかもしれんぞ」

御用組のかしらが言った。

「へえ。何にせよ、奉行所の門扉に文をくりつけた矢を放つとは」

千之助は矢を放つ身ぶりをまじえた。

「これだな」

海津与力が紙を示した。

そこには、こう記されていた。

平川てんじんにきをつけろ
つじぎり

次に辻斬りを行う場所をおのれから告げてきたのだから、実に大胆だ。

「平川天神なら麴町に近い。さっそく錬成館につないできました」

大河内同心が海津与力に告げた。

「上首尾だ」

御用組のかしらがそう言って、猪口の酒を呑み干した。

「どうでしたかい？」

千之助が同心に訊く。

「また近くで不浄の血を流されたらたまらんからと、夜廻りを買って出てくれた」

大河内同心が答えた。

「それは心強いですね」

竜之進がうなずく。

「町方にも加勢の根回しをしておいた。これだけ網を張っておけば、そうそう好き勝手にはできまい」

海津与力が言った。

ここでおみねが次の酒と肴を運んできた。

「ちりめんじゃこのおろし和《あ》えでございます」

わん屋のおかみが円皿を置いた。

「前にも食ったが、こりゃうめえんだ」

大河内同心がさっそく箸を伸ばす。

大根おろしを円皿にこんもりと盛り、ちりめんじゃこをたっぷり載せる。おろしたてのものを使うのが勘どころだ。

ここに醬油を垂らす。薄口の下り醬油も用いるが、おろし和えに使うのは銚子《ちょうし》の濃口だ。

さらに、もみ海苔を天盛りにすれば出来上がりだ。いたって簡便な肴だが、これがまた酒に合う。

「おいしいですね」

食すなり、竜之進が白い歯を見せた。

「うん、うめえ」

海津与力も笑みを浮かべた。

その様子を見て、おみねの表情も和らいだ。

「なら、おいらも今夜から平川天神の界隈で夜廻りをやりまさ」

千之助が言った。

「おう、頼むぞ」

御用組のかしらの声に力がこもった。

六

江戸の平河《ひらかわ》城主だった太田道灌《おおたどうかん》が、ある日菅原道真《すがわらのみちざね》公の夢を見た。すると翌朝、道真公が自ら筆を執った画像を人から贈られた。これに感じ入った道灌公が建立したのが平川天神の始まりだ。

二度の奉遷を経ていまの地（現在の平河町）に至った。北へ進めば、麹町の通りはすぐそこだ。

角に夜鳴き蕎麦屋が出ていた。

千之助の姿がある。

「冷えますな」

蕎麦をつくりながら、屋台のあるじが言った。

「おう、あったけえものが恋しいぜ」

千之助が答える。

「へい、いま出しますんで」

あるじは小気味よく手を動かし、かけ蕎麦の丼を渡した。

「おう、来た来た」

千之助がさっそくつゆを啜る。

「うめえな。五臓六腑《ごぞうろっぷ》にしみわたるぜ」

千之助は笑みを浮かべた。

「いい節《ふし》を使ってますんで」

あるじが自慢げに言う。

「道理で味が深えわけだ」

千之助はそう言うと、今度は小気味よく蕎麦をたぐりだした。

ずずっと啜る音が響く。

それに覆いかぶさるように、遠くで声が聞こえた。

「何か叫んでるな」

千之助は箸を止めた。

忍びの心得のある男の耳には聞こえた。

こう叫んでいた。

辻斬りだ！

追え！

「いけねえ」

千之助は急いで残りの蕎麦をかきこみ、銭を置いた。

そして、声が響いたほうへ駆け出していった。

七

「追え、大膳」

切迫した声が響いた。

「はっ」

よく通る声が返ってきた。

「辻斬りか？」

駆け寄りながら、千之助が訊いた。

「また一人やられた。……しっかりせよ。死ぬでない」

辻斬りにやられたとおぼしい男の体を必死に揺すっているのは、錬成館の道場主の山之内左近だった。

だが……。

返事はなかった。すでに息絶えているように見えた。

「しっかりせよ。まだまだこれからであろう」

血でおのれが汚れることもいとわず、山之内左近はなおも辻斬りにやられた者の体を揺さぶっていた。まだ若い武家だ。

「賊はどっちへ？」

千之助が口早に問うた。

「四ツ谷御門のほうへ逃げていった。大膳に追わせている」

錬成館の道場主が答えた。

追っているのは、師範代の島ヶ原大膳だ。

「よし」

千之助はおのれの太腿をぽんと一つたたいた。

「加勢してくれ」

山之内左近が言った。

「合点で」

気の入った声で答えると、千之助はいっさんに駆け出していった。

しかし……。

さしもの韋駄天《いだてん》でも追いつくことはできなかった。

四ツ谷御門のほうへひとしきり追ったが、第三の辻斬りの姿は闇の中へと消え失せていた。

第三章　わん市の客

一

わん市の当日は、あいにく朝から小雨が降った。

それでも、愛宕権現裏の光輪寺には客が次々に足を運んでいた。寺の本尊の御開帳に合わせて、縁起物の円い品を一堂に会してあきなう。わん市は江戸の人々に知れわたり、もはや季節に一度の楽しみになっていた。

「晴れるに越したことはないけど、小雨のわん市も風情があっていいねえ」

肝煎りの七兵衛が言った。

「足を運んでくださって、ありがたいかぎりです」

美濃屋のあるじの正作が言った。

大黒屋の塗物、美濃屋の瀬戸物、千鳥屋のぎやまん物。

目移りがするほど、円い品がとりどりに並べられている。

「実演も気を入れてやりますんで」

竹箸づくりの富松が言った。

「それで女房を見つけたんだからな、おめえさんは」

竹細工職人の丑之助が、手を動かしながらうらやましそうに言った。

網代模様が美しい竹細工の器も、わん市の人気の品だ。

「よかったわね、お兄ちゃん」

売り子をしているおちさが言った。

竜之進とともにえん屋の切り盛りをしているおちさは富松の妹だ。

「んなこと言ってねえで、つとめをやりな。お客さんが来たぞ」

富松が告げる。

「あ、いらっしゃいまし」

おちさは品を持ってきた客に向かって頭を下げた。

えん屋のおかみが、わん市の勘定場も受け持っている。前回までは千鳥屋の出見世のおまきの役目だった。わん屋の近くの旅籠《はたご》、的屋《まとや》の娘で、千鳥屋の次男の幸吉《こうきち》と縁あって結ばれ、宇田川橋《うだがわばし》の出見世の若おかみになった。

めでたいことに、おまきは初めての子を産んだ。女の子だ。おこうと名づけられた赤子の世話があるため、わん市の勘定場はとてもできない。そこで、代わりに白羽の矢が立ったのがおちさだった。

出見世のあるじの幸吉もおまきと赤子のそばにいる。わん市の千鳥屋は隠居の幸之助《こうのすけ》と手代の善造《ぜんぞう》が受け持っていた。

「久々に売り物を扱うと、手がふるえますよ」

幸之助が肝煎りの七兵衛に言った。

「はは、うちの塗物と違って、ぎやまん物は落っことしたら大変だから」

大黒屋の隠居が笑みを浮かべた。

ここでまた客が来た。

「ちょいと冷やかしに」

軽く右手を挙げてそう言ったのは、通旅籠町《とおりはたごちょう》の紅白粉《べにおしろい》問屋、紅屋《べにや》の隠居の清兵衛《せいべえ》だった。

えん屋の初めての客だった清兵衛は、わん屋にも顔を出すようになっている。

「紅屋さんも品を出してみたらどうだい。円い白粉などもあるだろう」

七兵衛が水を向けた。

「いやいや、円いものの関取衆がいるところには出せませんよ。紅いものが一堂に会すのならともかく」

清兵衛は笑って答えた。

「それは華やかかもしれませんね」

いくらか離れたところから、おちさが言った。

「いや、紅いものだらけだったら、目がちかちかしてしまうよ」

大黒屋の隠居がそう言って目を指さしたから、わん市に和気が漂った。

そのとき、押し出しのいい着流しの武家が供の者とともに姿を現した。

「これはこれは、ようこそのお出ましで」

七兵衛の表情がにわかに引き締まった。

「小雨でも盛況だな」

白い歯を見せたのは、お忍びの大和高旗《やまとたかはた》藩主、井筒美濃守高俊《いづつみののかみたかとし》だった。

二

大和の小藩の藩主だが、江戸住まいの定府《じょうふ》大名だから訛《なま》りはない。以前、御用組と火消し衆とともに、「大江戸三つくらべ」を競い合ったことがあるから、気心は知れている。泳ぎ自慢の者が大川を泳ぎ、馬を駆る者につなぎ、終いは韋駄天自慢が駆けくらべをする三つくらべは江戸じゅうの評判になったものだ。

「このたびは酒器を購《あがな》おうかと思う」

着流しが似合う快男児が言った。

「とりどりにそろっておりますので」

七兵衛が笑みを浮かべた。

「ゆっくり見させてもらおう」

井筒高俊は白い歯を見せた。

お忍びの大名が品定めをしているとき、御用組の面々がつれだってやってきた。

「おお、これは、と……ではなく、井筒様」

海津与力が呼び名を改めた。

思わず「殿」と言いそうになったのだ。

「久しぶりだな。聞くところによると、辻斬りが跳梁《ちょうりょう》しているようだが」

お忍びの藩主が問うた。

「三番目の辻斬りでは、目と鼻の先で取り逃がしてしまったようで」

千之助のほうをちらりと見てから、海津与力が答えた。

「そうか。それは惜しいことをしたな」

井筒高俊の表情が曇った。

「次こそは捕まえますので」

大河内同心が拳を握った。

「民のために頼むぞ」

定府大名だが国元でも慕われている藩主が言った。

「お任せあれ」

御用組のかしらの声に力がこもった。

千之助は話の輪に加わらず、竜之進と小声で話をしていた。

易者でもある男は、ときおりうなずきながら厳しい顔つきで聞いていた。

井筒高俊は千鳥屋の品を選んだ。足の付いたぎやまんの酒器だ。

「これは手前どもの自慢の品でございます」

丁寧に布でくるみながら、幸之助が笑顔で言った。

「晩酌が楽しみだ。冷やにかぎるが」

お忍びの藩主が笑みを返す。

「ありがたく存じます。今後ともわん市をよしなに」

肝煎りの七兵衛が声をかけた。

「季節ごとの楽しみだからな。そのうち、わん屋にも寄るぞ」

快男児が白い歯を見せた。

三

しばらくすると、鍛錬館の道場主の柿崎隼人が門人とともに顔を見せた。

「このたびも盥はいかがですか？」

一平が声をかけた。

夏のわん市で買ってくれたから、もちろんよく憶えている。

「わん市のたびに買っていたら、道場が盥だらけになってしまうぞ」

柿崎隼人が笑って答えた。

「なら、盆はどうっす？」

盆づくりの松蔵が水を向けた。

「盆が一つあれば重宝かもしれません」

門人が言った。

「たしかにそうだな。なら、品を見せてもらおう」

柿崎隼人が乗り気で言った。

「どうぞどうぞ」

松蔵が笑顔で身ぶりをまじえた。

ここでべつの道場主と師範代が顔を見せた。

麴町の錬成館の山之内左近と島ヶ原大膳だ。

「このあいだは賊を取り逃がしてしまい、相済みませんでした」

海津与力と大河内同心に向かって、山之内左近が頭を下げた。

「追いつくことができず、面目ないことで」

島ヶ原大膳も続く。

「やむをえぬことだ。向後も界隈の夜廻りを頼む」

御用組のかしらが言った。

「心得ました」

錬成館の道場主が答えた。

「今度こそ捕まえてみせます」

師範代が力強く請け合った。

「味をしめて、またやるかもしれねえからな」

大河内同心が渋い顔つきで言った。

「麴町の錬成館の名にかけて、辻斬りを退治せねば」

山之内左近の声に力がこもった。

「われらも負けておられませんな」

鍛錬館の柿崎隼人が言った。

門人がうなずく。

剣流は違うが、互いに面識はあるようだ。

「ともに力を合わせて、江戸の安寧《あんねい》を護《まも》りましょう」

錬成館の道場主が引き締まった表情で言った。

ここで千之助が近づいてきた。

「わん市は初めてで?」

山之内左近に問う。

「ああ、縁起物をいろいろあきなっていると聞いてな」

道場主が答えた。

「では、われらは盆を」

柿崎隼人と門人は松蔵のところへ戻った。

鍛錬館の二人は、しばらく品を吟味してから、美濃屋の酒徳利を買った。

「これでうまい酒を呑みたきもの」

山之内左近が言った。

「近いうちにまた呑めましょう」

島ヶ原大膳がにやりと笑った。

四

わん市は盛況のうちに終わった。

打ち上げの場所は、もちろんわん屋だ。

ただし、わん市に出したあきない物を持ち帰らねばならない。打ち上げにまで顔を出した者はそう多くなかった。

肝煎りの七兵衛とお付きの巳之吉。よく売れてくれて持ち帰る品が少ない椀づくりの太平と真次、それに、美濃屋の正作。品は出していないが、紅屋の隠居の清兵衛も肝煎りから誘われて来た。

打ち上げは座敷だが、一枚板の席には御用組が陣取り、声を落として話を始めた。竜之進も千之助も神妙な面持ちだ。

「おぬしの勘ばたらきなら、間違いのないところだな」

海津与力がそう言って、猪口の酒を呑み干した。

「初めの勘ばたらきはおいらだったんで」

千之助が言う。

「そうか。それはすまぬ」

御用組のかしらが白い歯を見せた。

ここで座敷のほうには鍋が運ばれた。囲炉裏にはすでに火が熾《おこ》っている。

「おお、来た来た」

七兵衛が両手を打ち合わせた。

「今日は醤油味で」

運んできた真造が鍋を火にかけた。

ほうとうは甲州の味噌味も美味だ。ことに、南瓜を入れると甘みが際立つ。さりながら、武州の醤油味も甲乙つけがたい。こちらは葱が合う。

「うまそうだな」

海津与力が座敷のほうをちらりと見て言った。

「こちらにも、おいしいものを」

おみねが盆を運んできた。

まずは揚げ出し豆腐だ。もみじおろしと刻み葱を散らしたあつあつの揚げ出し豆腐が青い円碗に盛られている。

「こりゃうめえんだ」

千之助が笑顔で受け取った。

「寒鰤《かんぶり》の照り焼きもお持ちしますので」

厨から真造が言った。

「おう、いいな」

御用組のかしらが渋く笑った。

ほうとう鍋がだんだんに煮え、寒鰤の照り焼きも運ばれた。

酒のお代わりも来た。

「ほうとうが胃の腑にしみますな」

美濃屋の正作が満足げに言った。

「ことに、わん市の後なので」

椀づくりの太平が笑みを浮かべる。

「今回も品がよく売れてくれました」

真次が言う。

「わたしも一つ買わせていただきましたよ。木目がとりわけ美しい椀を」

紅屋の清兵衛が言った。

「ありがてえこって」

「使ってやってくださいまし」

椀づくりの親方と弟子の声が弾んだ。

そんな調子で、座敷のほうは和気が漂っていたが、一枚板の席のほうはいささか様子が違った。

千之助が珍しく厳しい顔つきになっている。

海津与力と大河内同心も、いつもより声を落として話していた。

「帰ったら、また卦を立ててみます」

竜之進が言った。

「おう、頼むぞ」

海津与力がそう言って酒をついだ。

「見立てによっちゃ、おいらの出番で」

千之助が湯呑みの茶を啜った。

「備えをしておいてくれ」

御用組のかしらが言った。

「承知で」

忍びの心得のある者が気の入った声で答えた。

五

「こちらにもほうとう鍋をお出しします」

真造が言った。

「いま運びますので」

おみねが鍋敷きを置いた。

むろん、これも円い。

「おう、そりゃいいな。相談事は一段落したから、今日は呑んで食ってくれ」

海津与力が言った。

「へい、望むところで」

千之助はいつもの表情に戻った。

ほうとう鍋が来た。さっそく取り分けて箸を動かす。

「お座敷はおじやにしますので」

囲炉裏にかかった鍋の具合を見て、おみねが言った。

「いいねえ、おじや」

七兵衛が笑みを浮かべた。

「おなかが鳴りました」

お付きの巳之吉が帯に手をやる。

ほどなく、おみねがご飯と追加のだしを運んできた。

「これも足します」

真造が溶き玉子を入れた椀を持ってきた。

「おじやの決め手だね」

紅屋の清兵衛が笑みを浮かべた。

まずおみねがご飯とだしを鍋に入れた。

「まぜますね」

わん屋のおかみが杓文字《しゃもじ》を動かした。

続いて、真造が慣れた手つきで溶き玉子を投じ入れる。

「息が合ってるね」

「ますますうまくなりそうだ」

「こりゃたまらんぞ」

囲炉裏のそばの座敷はにぎやかになった。

おじやができた。

「では、お取り分けします」

おみねが茶碗に手を伸ばした。

「うちの品の出番だね」

美濃屋の正作が笑みを浮かべた。

「おじやがうまそうだが、まずほうとうを食わねば」

大河内同心が箸を動かす。

「いや、ほうとうもうまいっすよ」

と、千之助。

「五臓六腑にしみわたります」

竜之進が言った。

「帰ったらまた卦を立ててもらわねばならないから、精をつけておいてくれ」

御用組のかしらが言った。

「はい」

竜之進がうなずいた。

「円ちゃんも」

座敷のほうで小さい手が元気よく挙がった。

「二代目さんも食べるのかい」

七兵衛が温顔で言う。

「うんっ」

円造がいい声で答えたから、おのずと和気が漂った。

「子は宝だな」

一枚板の席で、海津与力が言った。

「まったくで」

千之助が笑みを浮かべる。

ほうとうは箸、おじやは匙《さじ》。

競うように悦《よろこ》ばしく動く。

「うまいか、円坊」

真次がたずねた。

「おいしいっ」

ややぎこちない手つきでおじやを食べていた円造は、伯父に向かって花のような笑顔で答えた。

六

その晩――。

橘町の竜之進の長屋には張りつめた気が漂っていた。

御幣が飾られ、結界が張られている。

これから需要な卦を立てるところだ。

祝詞を唱える竜之進の姿を、女房のおちさが正座をしてじっと見守っていた。

清浄な白装束をまとい、一心に祝詞を唱える竜之進は、ほれぼれするような男っぷりだ。

……示し給え、と畏み畏み申す

凜《りん》とした声が響き、祝詞が終わった。

竜之進はぐっと気を集めた。

咎人かもしれぬ人物の顔を脳裏に思い浮かべる。実際に会っているから、それは容易に浮かんできた。

いよいよ託宣の時が来た。

「鋭《えい》っ」

気合の声を発すると、竜之進は筮竹を操った。

卦が出る。

竜之進はふっと一つ息をついた。

おちさが少し身を乗り出す。

竜之進は出たばかりの卦を頭の中で再生させた。

その意味を確認する。

竜之進はゆっくりとうなずいた。
示されたのは、こういうお告げだった。

討つべし

第四章　闇の道場

一

「なるほど、いい卦が出たか」

海津与力が満足げに言った。

「はい、『討つべし』と」

竜之進が涼やかなまなざしで言った。

「さっそく千之助を走らせてるんで」

大河内同心がそう言って、猪口の酒をくいと呑み干した。

わん屋の座敷だ。

前回は一枚板の席だったが、このたびは囲炉裏がある座敷だ。いちだんと冷えるので、火のはたがありがたい。

「機を見て忍びも」

大河内同心が少し声を落とした。

「動かぬ証《あかし》を得なければな」

御用組のかしらも、いつもより渋い声で言った。

このあいだはほうとう鍋だったが、いま煮えてきたのは芋煮の鍋だった。これも冬場にはいい。

芋はじゃがたら芋と里芋の二種だ。

どちらもほくほくだが、味が違って二度楽しめる。

これに、厚揚げと水団《すいとん》も入っている。だしは入っているが、ほんの下味程度で、練り味噌の小鉢に取り分けて食す。

「うん、うめえな」

さっそく食した大河内同心が言った。

「鍋はごく薄い味つけにして、練り味噌につけて食すとは考えたな、おかみ」

酒を運んできたおみねに向かって、海津与力が言った。

「ありがたく存じます。田楽味噌よりだしの分だけ心持ち浅めにしてあります」

おみねが笑みを浮かべた。

「そういう細かいところに料理人の腕が出る」

海津与力は厨のほうをちらりと見て言った。

「恐れ入ります」

真造が頭を下げた。

「精をつけとかねえと」

千之助がそう言って、里芋を口中に投じた。

「おう、たらふく食っておけ」

海津与力が言う。

「茶飯もお出しできますが」

おみねが水を向けた。

「なら、茶碗に一杯」

千之助が指を一本立てた。

「承知しました」

わん屋のおかみが笑みを浮かべた。

一枚板の席には、鍛錬館の柿崎隼人と門人たちが陣取っていた。

こんがりと焼けた干物を肴に呑みながら、剣術談議に花を咲かせている。

「道場もいろいろだな」

御用組のかしらはそう言うと、よく煮えたじゃがたら芋に箸を伸ばした。

「まことに」

竜之進はうなずいて、厚揚げを口に運んだ。

濃い味つけの煮物にもいいが、練り味噌につけてもうまい。

「こちらにも芋煮をくれるか」

柿崎隼人が手を挙げた。

「はい、少々お待ちを」

わん屋のあるじがいい声で答えた。

二

その晩——。

人通りのない道を、腰をかがめて走る影があった。

千之助だ。

黒装束に身を包み、背には忍び刀を負っている。

これから忍び仕事だ。

ほどなく、動きが止まった。

狭い路地を通り、千之助はある建物の裏手に到達した。

人の気配がないことをたしかめ、忍び刀の鞘《さや》の先を地面に突き刺す。

鍔《つば》を土台にして上り、忍び刀に付いた紐を引いて刀をたぐり寄せる。千之助の姿はたちまち闇にまぎれた。

小さな円い鋸《のこぎり》を用いて素早く天井板を切る。

板を外すと、千之助はすぐさま天井裏に忍びこんだ。

手練の早業だ。

おのれの手のひらの上に足を置き、まったく音を立てずに器用に歩く。

深草兎歩《しんそうとほ》だ。

忍びの者が用いるこの歩き方を用いれば、まったく音は響かない。人の気配は全きまでに消え失《う》せる。

加えて、足袋も特別にあつらえたものを使っていた。足裏に綿が詰まっているから、走っても音が響かないほどだ。

念には念を入れた忍び仕事だ。大きな構えならいま少し余裕も出るのだが、ここは違う。わずかなしくじりが命取りになってしまう。

一歩、また一歩。

千之助は闇の中で歩を進めた。

ほどなく、声が聞こえてきた。

忍びの心得のある者の耳は常人とは違う。畳に針が落ちる音まで聞き分けられるほどだ。

一歩、また一歩。

千之助は声の源のほうへ近づいていった。

忍びの者が常人離れしているのは耳ばかりではない。目もそうだ。かすかな光にも気づくことができる。

千之助は瞬きをした。

忍びの者だけに見えるわずかな光を察知したのだ。

天上の節穴だな。

下にだれかいる。

千之助はそう察しをつけた。

一歩、また一歩。

光の源に向かって進む。

下から笑い声が響いてきた。

間違いない。ここだ。

節穴が見つかった。

ゆっくりと息を吐くと、千之助は天井板に両手を突き、節穴へ目を近づけていった。

三

「この湯呑みで呑む酒は、ことのほかうまいな」

男の声が聞こえてきた。

行灯《あんどん》に火が入っている。

「品はなかなかのものですから」

もう一人が答える。

「間抜けどもめが」

また声が響いた。

天井裏の千之助は瞬きをした。

忍びの心得のある者の目は常人とは違う。乏しい灯りでも、下の光景がやがてたしかに定まった。

「町方の目は節穴で。ふふ」

含み笑いが響く。

「われらのことは疑いもしておるまい」

侮るような声音だ。

「善意で力を貸していた者ですからな」

答えがあった。

「そのとおり」

と、酒をあおる。

「江戸はやがて、わが剣の前にひれ伏すであろう」

声に力がこもった。

「それがしも一太刀《ひとたち》」

手下とおぼしい者の声が響く。

天井裏の千之助は、まなざしに力をこめた。

表情までくきやかに定まる。

ここは麹町の錬成館だ。

酒盛りをしていたのは、道場主の山之内左近と師範代の島ヶ原大膳だった。

四

麹町の錬成館は、道場を挙げて咎人探しに乗り出すと言っていた。

近くで起きた辻斬りを許すわけにはいかぬというわけだ。

だが……。

咎人はほかならぬ錬成館の剣士たちだった。

「麹町の錬成館の名にかけて、辻斬りを退治せねば」

道場主の山之内左近は力をこめて語っていた。

「今度こそ捕まえてみせます」

師範代の島ヶ原大膳もそう請け合った。

しかし、それは芝居にすぎなかった。

麴町で起きた恐ろしい辻斬りの咎人は、錬成館の剣士たちだった。

「それにしても、名案でしたな。介抱するふりをして、返り血を隠してしまうとは」

島ヶ原大膳の声が響いてきた。

「介抱する際には血が付くからな。われながらうまい隠し方だ」

山之内左近が得意げに言った。

「追え、大膳」

あのとき、道場主は切迫した声を発した。

辻斬りは闇の中を逃走したのではなかった。

ほかならぬ山之内左近が咎人だった。

「……しっかりせよ。死ぬでない」

辻斬りにやられたとおぼしい男の体を、錬成館の道場主は必死に揺すった。

返事はなかった。

すでに息絶えているように見えたが、血でおのれが汚れることもいとわず、山之内左近はなおも辻斬りにやられたとおぼしい者の体を揺さぶった。

返り血を隠すためだ。

おのれが斬った者を介抱するふりをして、返り血を浴びたことを巧みに隠す。反吐《へど》が出そうな悪知恵だった。

「道場もいろいろだな」

剣術談議に花を咲かせている鍛錬館の剣士たちを見て、御用組のかしらはそう言ったものだ。

そのときにはもう錬成館に疑いの目が向けられていた。悪《あ》しき道場を念頭に置いての言葉だった。

竜之進が立てた卦も示唆に富んでいた。

灯りの真下は、かえって見過ごしやすかったりする。そのあたりに気をつけよ。

卦はそう告げていた。

まさにそうだった。

灯りの真下に咎人がいた。

五

「あらゆる剣士、いや、江戸に住む者どもはわれらの踏み台ぞ」

山之内左近は傲然と言い放った。

「斬って斬って斬りまくっていけば、われらの天下になりましょう」

島ヶ原大膳がそう言って、茶碗酒をあおった。

もうだいぶ酒が入っている。

「わが錬成館だけが江戸の道場になれば、正しき世の中になるであろう」

山之内左近はそう言って茶碗に手を伸ばした。

「そのために、腰抜けどもを斬っていかねばなりませんな」

島ヶ原大膳が言った。

「そのとおり」

錬成館の道場主がうなずく。

「われらには神仏の加護がある。斬って斬って斬りまくろうぞ」

山之内左近が身ぶりをまじえた。

天井裏の千之助は思わず胃の腑を押さえた。

吐き気がしたのだ。

そのうち罰《ばち》が当たるぜ。

とんでもねえ野郎どもだ。

忍びの者の目の奥に、怒りの光が宿った。

かしらに伝えて、どうあってもお縄にしてやらねば。

いや、たたき斬ってもらってもいい。

このままじゃ、腹の虫がおさまらねえや。

千之助は拳を握った。

さらに聞き耳を立てる。

「さて、次はどこでやってやるか」

山之内左近が言った。

「また麴町じゃ、さすがに怪しまれるかと」

と、師範代。

「このあたりはどうだ」

道場主が指を動かした。

床には切絵図が広げられているようだ。

「ああ、いいかもしれませんな。行ったばかりですが、ふふ」

島ヶ原大膳が嫌な笑いをもらした。

「平川天神に続いて、前に知らせてやるか」

山之内左近がわずかに身を前に倒した。

「危ない橋ですが」

島ヶ原大膳が少し声を落とす。

「なに、われらは無敵ぞ。節穴ぞろいの町方など、痛くもかゆくもないわ」

錬成館の道場主は一笑に付した。

「まあ、腰抜けぞろいでしょうからな」

師範代が笑みを浮かべた。

「咎人が目の前にいるのに取り逃がすとは、さてもさても愚かなことよのう」

山之内左近が嘲る。

「まさしく間抜けばかりで。ふふ」

島ヶ原大膳が嫌な笑い声を漏らした。

「ならば、奉行所の大戸に矢を射かけてやろう。そこに文をくりつけて、次の場所を知らせてやるのだ」

山之内左近が言った。

「大胆ですな」

島ヶ原大膳が左の手のひらに右の拳を打ちつけた。


しめた、と千之助は思った。

これで奉行所に網を張ることができる。

次こそお縄にしてやるぜ。


千之助はたしかな手ごたえを感じた。

その後は道場主と師範代の酒盛りが続いた。

もう大事な話は出そうにない。

そう判断した千之助は慎重に引き返していった。

六

翌日――。

わん屋の二幕目に、大河内同心と千之助の姿があった。

「さすがの働きだったな」

大河内同心が満足げに言った。

「なんとか尻尾はつかんできました」

千之助が身ぶりをまじえた。

「上出来だ」

大河内同心はそう言って、猪口の酒を呑み干した。

肴は小判に見立てた玉子焼きだ。百合根とあさつきを加えた玉子焼きは風味豊かで彩りも美しい。むろん、円い器に盛られている。

「気張った甲斐がありましたぜ」

千之助が茶を啜る。

「まあ、どんどん食え」

大河内同心が勧めた。

「へえ、いただきまさ」

千之助が玉子焼きに箸を伸ばした。

少し遅れて、海津与力も姿を現した。御用組の役者がそろった。

「働きだったそうだな」

御用組のかしらが満足げに言った。

「奉行所の大戸に文をくくりつけた矢を放つ相談をしてましたんで」

千之助が言った。

「さっそく今夜から見張りを念入りに」

大河内同心が少し声を落とした。

「海津さまにも小判焼きを」

おみねが肴を運んできた。

「おう、こりゃ縁起物だな」

海津与力が笑みを浮かべた。

座敷の囲炉裏端では、なじみの職人衆がほうとう鍋をつついていた。そちらのほうから味噌のいい香りが漂ってくる。

「うん、うまい」

小判焼きを賞味した海津与力が声を発した。

「百合根がことにうまいですな」

大河内同心が言った。

「とろとろになるまで煮るのが勘どころで」

厨から真造が言った。

「なるほど、手わざだな」

海津与力がうなずく。

「とにかく、敵は調子に乗ってるんで」

千之助が言う。

「増上慢に陥っているわけだな」

と、与力。

「隙を見せたところで、お縄にしてやりましょう」

大河内同心の声に力がこもった。

「そうだな。江戸の安寧を護るために、どうあっても退治せねば」

御用組のかしらが引き締まった表情で言った。

七

その晩――。
南町奉行所の大戸に近づく怪しい影があった。
見廻りは増えていた。
ただし、提灯は下げていなかった。
敵に気づかれぬよう、無灯で見廻りを行っていた。
その一人が気づいた。
影は弓を構えた。
見張りは動かない。
矢は放たせよ。
見張りは海津与力からそう命じられていた。
果たして、矢は放たれた。
それを察して、見張りは叫んだ。

「御用だ！」

その声は、奉行所の中にまで響いた。

くぐり戸が開く。

「追え！」

海津与力が叫んだ。

「逃がすな」

大河内同心も続く。

「待て」

「御用だ」

遅ればせに提灯を手にした者たちが走りだした。

しかし……。

敵の逃げ足は速かった。

懸命に追ったが、捕縛することはできなかった。

あとには矢だけが残った。

文がくくりつけられていた。

海津与力が歩み寄った。

文を開く。

そこにはこう記されていた。

あたごごんげんうらに

きをつけろ

第五章　決戦、愛宕権現裏

一

愛宕権現裏に気をつけろ。

悪しき道場が放ったとおぼしい矢には、そんな文がくくりつけられていた。

愛宕権現裏といえば、わん市の舞台となる光輪寺がある。

前回のわん市には、麹町の錬成館の道場主と師範代も何食わぬ顔で現れた。そう考えると、次なる凶行の場所として愛宕権現裏を示唆したのは、そこはかとなく平仄《ひょうそく》が合った。

とにもかくにも網を張り、今度こそ捕縛に導く陣立てを整えることにした。

御用組が本陣に選んだのは、むろん光輪寺だった。

住職の文祥和尚にいきさつを伝えると、快く諾《うべな》ってくれた。

御用組のかしらの海津与力と大河内同心、それに千之助が寺に詰める。

さらに、えん屋がのれんをしまったあと、竜之進が薬研堀から駆けつけることになった。人を人とも思わぬ辻斬りとはいえ、さすがに日のあるうちからは動くまい。

かくして、陣立てが整った。

「拙僧も夜は読経につとめましょう」

文祥和尚が両手を合わせた。

「よろしゅうお願いいたします」

海津与力が一礼した。

「敵は調子に乗っているので、そのうち墓穴を掘るでしょう」

大河内同心がそう言って湯呑みの茶を啜った。

「千之助に錬成館を見張らせているし、竜之進には毎日卦を立ててもらう。これだけの網を張れば万全だろう」

御用組のかしらが言った。

「ささやかながら、夕餉《ゆうげ》の支度をいたしますので、たんと召し上がって捕り物に」

文祥和尚が笑みを浮かべた。

「それはありがたいかぎり」

海津与力が笑みを返した。

二

炊き込みご飯に茄子と葱の精進汁、それに胡麻豆腐やお浸しなど、心づくしの膳が出た。

いくらか早いが、夕餉の膳だ。

「炊き込みご飯のお代わりはたくさんありますので」

膳を運んできた若い僧が言った。

「おう、これはうまい。あとで頼む」

海津与力が言った。

「具の数は少なくて相済みませんが」

文祥和尚が温顔で言った。

「いや、大豆に油揚げに牛蒡《ごぼう》、これだけで存分にうまい」

御用組のかしらが白い歯を見せた。

「三役そろい踏みみたいなものですな」

大河内同心がそう言って、箸を小気味よく動かした。

「まさしく。ことに油揚げが脇でいいつとめをしている」

海津与力が満足げに言った。

「胡麻豆腐も口当たりが良くて風味豊かで」

大河内同心が和した。

「野菜を含めて、みな当寺でつくったものですので」

住職が言う。

「土がいいので、甘みのある野菜が育ちます」

若い僧が笑みを浮かべた。

そんな調子で夕餉が進んでいるとき、一人の男が入ってきた。

「お、うまそうなものを食ってますな」

顔を見せるなりそう言ったのは千之助だった。

「おう、ご苦労さん」

大河内同心が軽く右手を挙げた。

「もう一膳、持ってきてやってくれ」

海津与力が若い僧に言った。

「承知しました」

僧はすぐさま動いた。

「で、どうだった、道場のほうは」

いくぶん声を落として、御用組のかしらが問うた。

「ひょっとしたら、今夜にでも動くかもしれませんや。忍びの勘で」

千之助はこめかみに指をやった。

「そうか」

海津与力がうなずく。

「町方の見張りが近くを流してますんで、何かあったらここへ。おいらも腹ごしらえをしたら戻りまさ」

千之助がそう言ったところで膳が来た。

まず精進汁を啜る。

昆布と椎茸、それに梅干しを加えた風味豊かなだしに塩と醤油で味を調えた汁だ。

「うめえ」

千之助が思わず声をあげた。

「炊き込みご飯と胡麻豆腐もうめえぞ」

大河内同心が笑う。

「へい、いただきまさ」

千之助がいい声で答えた。

箸が小気味よく動き、早くもお代わりになった。

「お待たせしました」

若い僧が炊き込みご飯をたっぷり盛った青い茶碗を運んできた。

美濃屋の品だ。

「おう、来た来た」

千之助がいそいそと受け取った。

そのとき、光輪寺の本堂に人影が現れた。

姿を現したのは、新宮竜之進だった。

畏み畏み申す……

三

短い祝詞を唱えると、竜之進は卦を立てはじめた。

筮竹が小気味よく動く。

一同はその指先をじっと見守っていた。

「鋭っ」

竜之進は気の入った声を発した。

また卦が出る。

涼やかなまなざしの若き武家は、それを凝視した。

ふっ、と一つ息をつく。

「卦が出ました」

竜之進は告げた。

「そうか。辻斬りが次に動く時が分かるか」

海津与力が問うた。

「はい」

竜之進がうなずく。

「いつだ」

今度は大河内同心がたずねた。

易者でもある男は、少し間合いを置いてから答えた。

「今夜」

それを聞いて、御用組の面々は思わず顔を見合わせた。

「なら、さっそく見廻りの支度を」

千之助が太腿をぱんとたたいた。

「そうだな。暗くなったら出るぞ」

海津与力が言った。

「必ず捕まえてやる」

大河内同心が拳を握った。

四

愛宕権現裏は闇に包まれた。

たまさか提灯の灯りが現れては消えていく。あとはまた深い闇だ。

雲が切れ、わずかに月あかりが差しこんできた。

その光がまぼろしめいた影を浮かびあがらせる。

黒装束に身を包んでいる。

千之助だ。

忍びの者は提灯を持たない。常人離れのした目がおのれを護ってくれる。

もう一つ研ぎ澄ませているのは、耳だった。

畳に針が落ちる音まで、忍びの者は聞き分けることができる。千之助もその耳を持ち合わせていた。

もう一人、気配を察するに敏な者がいた。

竜之進だ。

易者でもある男は、遠くの敵の息遣いまで聞き取る力があった。

二人は同じ道を進んだ。
阿吽《あうん》の呼吸だ。
やがて、殺気が伝わってきた。

やるぞ。
斬ってやる。

そんな剣呑な殺気だ。
千之助が駆けだした。
竜之進も続く。
ほどなく、闇の中に黒々とした影が二つ浮かびあがった。
敵だ。
千之助は果断に動いた。
ふところから呼子を取り出し、すぐさま吹く。
甲高い音が響いた。
それは御用組の二人、海津与力と大河内同心の耳に届いた。

五

「急げ」

御用組のかしらが言った。

その声を大河内同心は聞いた。

提灯が揺れる。

向こうからも灯りが近づいてきた。

忍びの者でなければ、月あかりに乏しい晩に動くには提灯が要る。

「うぬらは」

提灯を投げ捨て、一人が抜刀した。

声に聞き覚えがあった。

錬成館の山之内左近だ。

「麴町の邪《よこしま》なる道場、錬成館の正体はすでに御用組が把握した。江戸の安寧を護るべく、成敗いたす。神妙にせよ」

海津与力が高らかに言う。

「片腹痛いわ。斬ってやれ」

山之内左近が声を張りあげた。

「おうっ」

島ヶ原大膳が剣を抜く。

海津与力が間合いを詰めた。

提灯に火がついて炎上する。

闇がいくらか薄くなり、山之内左近の顔がくきやかに見えた。

おのれを恃《たの》み、罪なき者を斬ってきた者の顔は醜かった。

許さぬ。

非業の死を遂げた者の恨みを、いまこそ晴らしてやる。

海津与力は前へ踏みこんだ。

「とりゃっ！」

御用組のかしらは、真っ向から剣を振り下ろした。

悪は斬るべし

二度とこの江戸で悪しき芽が生じぬように、気合をこめて海津与力は斬りこんだ。

「ぬんっ」

山之内左近が受ける。

闇の中で火花が散った。

人を人とも思わぬ邪悪な剣士だが、膂力《りょりょく》にあふれている。

侮れぬ剣だ。

両者の体《たい》が離れた。

六

「死ねっ」

島ヶ原大膳の剣が動いた。

「うっ」

大河内同心が短い声をあげた。

提灯が消えている。

月あかりも翳《かげ》った。
闇試合だ。
「旦那」
千之助がいち早く察した。
加勢しなければ危うい。
その声を、竜之進が聞いた。
闇の中を滑るように走る。
一瞬でも遅れてはならない。
「とりゃっ」
島ヶ原大膳が斬りこんできた。
大河内同心はからくも受けた。
だが……。
圧《お》されて足元が乱れた。
折あしく、そこに石があった。
「うわっ」
大河内同心が叫んだ。

身が宙に浮いたのだ。

そのままあお向けに倒れる。

御用組の同心は、絶体絶命の窮地に陥った。

七

「うぬはおれの踏み台よ」

山之内左近が言った。

間合いを取る。

「悪は滅ぶべし」

海津与力が上段に構える。

「片腹痛いわ。この世に居るはおれだけだ。あとはことごとく木偶《でく》人形にすぎぬ。そんなものはいくら斬ってもかまわぬ」

悪しき道場主が言い放った。

「この江戸で暮らしているのは、みな血の通った人ぞ。斬ってよい者など一人もおらぬ。料簡違いをするな。外道め」

御用組のかしらの声に怒気がこもった。
「言うな。うぬらはみな藁人形と変わらぬ。きえーい」
気合もろとも、山之内左近は斬りこんできた。
海津与力が迎え撃つ。
またしても火花が散った。
力と力の勝負だ。
「ぬんっ」
海津与力が押し返す。
間合いができた。
袈裟《けさ》懸《が》けに斬る。
尋常な相手なら、一刀で仕留められたはずだ。
だが……。
邪悪な道場主の動きは素早かった。
がんっ、と受ける。
両者はまた闇の中で対峙した。
息遣いが聞こえる。

「おれに勝てる者はおらぬ」

山之内左近が言い放った。

「いる」

海津与力は短く答えてまた体を離した。

「この海津力三郎が成敗する」

御用組のかしらは剣を下段に構えた。

八

「旦那っ」

千之助の右手が一閃《いっせん》した。

手裏剣だ。

それは、あお向けに倒れた大河内同心を斬ろうとした島ヶ原大膳のこめかみにものの見事に命中した。

「ぐわっ」

錬成館の師範代がのけぞる。

「いまだ」

今度は竜之進の手が動いた。

先が尖った筮竹を投げる。

闇を斬り裂いて飛んだ筮竹は、島ヶ原大膳の眉間に突き刺さった。

「ぐえっ」

悪しき剣士がよろめく。

そのあいだに、大河内同心が体勢を整え直した。

すぐさま斬る。

敵の肺腑をえぐる。

「やっちめえ、旦那」

千之助が声を飛ばした。

竜之進も駆けつけた。

「加勢いたします」

そう言うなり、短刀を抜いて敵に襲いかかった。

流れるような動きだ。

島ヶ原大膳の首筋を斬り裂く。

最後に、大河内同心がもう一太刀浴びせた。

さしもの悪しき剣士も、もう抗《あらが》うことはできなかった。

島ヶ原大膳は、がっくりとひざをつき、前のめりに斃《たお》れた。

九

「おのれっ」

山之内左近が正面から斬りこんできた。

海津与力は下段の構えだ。

隙を見せているように見える。

だが……。

御用組のかしらは敵を待ち受けていた。

後《ご》の先《せん》の剣を放つのだ。

「てやっ」

下から剣を鋭く動かして撥《は》ね上げる。

力勝負は望むところだ。

泳ぎの名手でもある海津与力の上腕の力はひときわ抜きん出ている。
邪悪な剣士の体勢が、ほんのわずかに崩れた。
その隙を、海津与力は見逃さなかった。
踏みこむ。
「ぬんっ」
正義の剣が放たれた。
「ぐわっ」
悪しき道場主が声をあげた。
目を瞠《みは》る。
おのれが斬られたのが信じられぬ。
これは何かの間違いだ。
うつつの出来事ではない。
そんな表情だ。
しかし……。

それはまぎれもないうつつの出来事だった。
御用組のかしらの剣は、山之内左近の頭を斜めに斬り裂いていた。
「てやっ」
さらに斬る。
かさにかかって攻めこむ。
憎むべき辻斬りを繰り返してきた男は、ひとたび守勢に回ると存外にもろかった。
もはや反撃する力は残っていなかった。
助けも来ない。
師範代の島ヶ原大膳はすでに死んでいた。
「慈悲だ」
海津与力の剣が一閃した。
袈裟懸けに斬る。
雲が切れ、にわかに月が差してきた。
迸《ほとば》る血の赤が闇の中に浮かぶ。
山之内左近の体が揺らいだ。

それは未練げに少しよろめいた。
だが、それまでだった。
悪しき剣士は前のめりに斃れていった。
山之内左近は、二度と起き上がらなかった。

第六章　寒の食べくらべ膳

一

味噌のいい香りが漂っている。

わん屋の座敷の囲炉裏端では、煮込みうどんがそろそろ頃合いになっていた。

「正月になったらすまし汁の雑煮だからな。いまのうちに味噌味の料理を食っておけ」

海津与力が言った。

「へい。ひと仕事終えたあとの打ち上げの飯はまた格別で」

千之助が笑みを浮かべた。

「新年に持ちこさずに重畳だった」

大河内同心がほっとしたように言う。

竜之進はえん屋のつとめがあるからいないが、ほかの御用組は顔を見せていた。

捕り物は終わった。

悪しき道場、錬成館の残党も一人残らずお縄になった。江戸の安寧は、御用組の働きによってようやく護られることになった。

「それにしても、見抜くことができなかったのは不覚千万で」

一枚板の席に陣取っていた鍛錬館の柿崎隼人が残念そうに言った。

「それがしも、話を聞いて驚きました」

その門人が言う。

座敷は味噌煮込みうどんだが、一枚板の席には寒鰤の照り焼きが出ている。こちらもいい香りだ。

「表の顔をうまく取り繕っていたから、やむをえまい」

海津与力が表情をやわらげた。

「これからの江戸は鍛錬館のような良き道場ばかりで」

大河内同心も言う。

「お、そろそろいけそうですな」

千之助が鍋を見て言った。

「お取り分けしましょう」

おみねがさっそく動く。

ややあって、味噌煮込みうどんが取り分けられた。

風味豊かな三河《みかわ》の八丁味噌を用いたこくのあるだしだ。真造が打ったうどんには充分なこしがある。

「どれから食うか、箸が迷うな」

海津与力が言った。

「いきなり海老天はやめときまさ」

千之助が言う。

「まずはこのあたりから」

大河内同心が肉厚の椎茸を箸でつまんだ。

ほかに、赤みが際立つ金時人参や、冬場にうまい大根、葱、里芋などの具がふんだんに入っている。

「油揚げと蒟蒻《こんにゃく》の脇役もうめえんで」

千之助の箸が動く。

「あとでおじやをお持ちします」

おみねが笑顔で言った。

「おう、頼むぜ」

大河内同心が右手を挙げたとき、人がいくたりか入ってきた。

「できあがりましたよ」

先頭の男が刷り物をひらひらと振った。

かわら版とおぼしいものを示したのは、蔵臼錦之助だった。

二

「さすが、やることが早いっすね、先生」

かわら版をちらりと見て、千之助が言った。

「ほかに取り柄がありませんからな」

戯作者がいつもの不気味と紙一重の笑みを浮かべる。

「町ではもう捕り物の話題で持ちきりで」

一緒に入ってきた七兵衛が言った。

お付きの巳之吉もいる。

「さっそく読ませていただきましたよ」

紅屋の隠居の清兵衛が言った。

「では、われらにも一枚」

柿崎隼人が立ち上がって銭を渡した。

「毎度ありがたく存じます」

蔵臼錦之助がやや芝居がかったしぐさで刷り物を渡した。

かわら版には、こう記されていた。

悪しき道場、成敗さる。江戸の安寧は保たれり。

麹町の錬成館は、腕自慢の剣士が集ふ高名な道場なり。道場主は山之内左近、師範代は島ケ原大膳。いづれも剣の遣ひ手なり。

さりながら、錬成館には恐ろしき裏の顔がありき。

道場に程近き場所にて辻斬りが起きしあと、悪党を跳梁させておくわけにはいかずと討伐の名乗りを挙げしが錬成館なり。

頼もしき助つ人現ると思はれしが、恐《こわ》い蟹《かに》……いや、こはいかに、辻斬りをやらかせしは、ほかならぬ錬成館の剣士たちなりき。

正体不明（当時）の辻斬りは、平川天神に気をつけろといふ警告を行ひき。大胆なるかな。恐ろしきかな。

ここでも錬成館の剣士たちが見廻り役を買つて出たり。すると、またしても辻斬りが起きたり。

灯芯のもとは暗きものなり。かへつて死角となり、見過ごされるものなり。然《しか》り。見廻りを買つて出し錬成館の剣士たちが咎人なりき。おのれが斬りし者を助け起こすふりをして、浴びし返り血を隠すといふ深謀遠慮なり。恐ろしきかな、憎むべきかな。

さりながら、世の安寧を護るべく陰ながら励む御用組は見過ごさざりき。精鋭ぞろひの御用組は悪しき道場に目をつけ、網を絞り、つひに成敗に至らしめたり。これにて辻斬りは成敗され、江戸の安寧は護られたり。

善哉《よきかな》、善哉。

「筆が乗っておりますね、先生」

柿崎隼人が言った。

「いや、ときどきすべってますが」

戯作者は頭に手をやった。

「このたびは悪事を見抜けず不覚でしたが、御用組の皆さんが救ってくださったようなもので」

鍛錬館の道場主が頭を下げた。

「いやいや、敵ながら悪知恵の働くやつだったゆえ」

海津与力が言った。

「何にせよ、きりがついてようございましたよ」

七兵衛がそう言って、寒鰤の身を口中に投じた。

「これでわれわれも枕を高くして寝られます」

紅屋の隠居がそう言って、猪口の酒を呑み干した。

「ありがたいことですな」

蔵臼錦之助が軽く両手を合わせた。

座敷の味噌煮込みうどんがあらかた平らげられ、おじやに変わった。存分に味が出ているだしだから、これをおじやにしてまずかろうはずがない。

一枚板の席にも追加の料理が出た。鍛錬館の剣士たちは煮奴鍋、二人の隠居と戯作者には揚げ出し豆腐だ。

「五臓六腑にしみるな」

柿崎隼人が言う。

「熱燗《あつかん》と煮奴ですからね」

門人が笑みを浮かべた。

「揚げ出し豆腐も、いつもながら絶品で」

七兵衛が言った。

「おいしゅうございます」

お付きの手代はいつも恵比須顔だ。

「これでいい年を迎えられるでしょう」

戯作者がそうまとめた。

三

新年になった。

淑気が漂い、おのずと気が改まる。

わん屋の三が日は休みだが、厨は控えめに動いていた。

近くの旅籠の的屋には、正月から江戸見物の客がいくたりも泊まっている。身内に近い的屋から仕出しを頼まれるから、厨の火を落とすわけにはいかなかった。

おせちにお雑煮。いたって簡素な料理だが、一つだけ異色な品があった。

おっきりこみおでんだ。

縁あってわん屋で修業をした末松《すえまつ》が、冬場はおっきりこみおでんの屋台を出している。幅広麵のおっきりこみにとりどりの具のおでんをあしらった料理は、すっかりこの界隈の名物になった。

おっきりこみおでんがあまり出なくなる夏場は、わん屋の厨で蒲焼きを焼いたりしている。いつのまにか、末松はひとかどの料理人の面構えになった。

「今年も気張ってやりますんで」

ちょうど挨拶廻りに来ていた人情家主の善之助に向かって、末松は明るく言った。

「ああ、頼むよ。そっちは屋台のわん屋だからね」

家主が笑みを浮かべる。

「わん屋と屋台のわん屋、それに、えん屋もあるので」

おみねが言う。

「わん市に品を出してるところはみな身内みたいなものですから」

真造が白い歯を見せた。

「何にせよ、今年もおいしいものをたくさん食べさせておくれでないか」

善兵衛が言った。

「承知しました」

末松がいい表情で答えた。

「気を入れてつくります」

真造もいい声で言う。

「江戸が円くおさまるように、円い器に盛って」

おみねがどこか唄うように言った。

「今年こそ、天下泰平だよ」

願いをこめて、元締めが言った。

四

珍しく、文が立て続けに届いた。

一通は西ケ原《にしがはら》村の依那古《いなこ》神社の真斎《しんさい》からだった。

神馬《しんめ》の浄雪《じょうせつ》がもう歳で江戸へは行けないが、こちらは達者に暮らしている、そちらも達者で暮らせという便りだった。

「浄雪ももう歳だから、無理はさせられないね」

文に目を通した真造が言った。

「でも、達者で何より」

おみねが安堵の面持ちで言った。

「長生きしてもらいたいもんだ」

と、真造。

「何かあったら、徒歩《かち》でそちらへ行くと書いてあったわ」

おみねが言った。

「お祓《はら》いをしてもらわなきゃいけないことがあればな」

真造が言った。

「そうねえ」

おみねは小首をかしげた。

何か虫の知らせのようなものが走ったけれども、それが何であるか、そのときにはまだ知る由もなかった。

その翌《あく》る日——。

今度はおみねの実家《さと》から便りが届いた。

武州の三峯《みつみね》神社だ。

「わあ、文佐《ぶんすけ》に子が生まれたんだって」

おみねの声が弾んだ。

「えっ、真沙《しんしゃ》が産んだのか」

真造が驚いた顔つきで問うた。

「そりゃ、ほかに産む人はいないわよ」

おみねが答えた。

おみねの弟の文佐は、わん屋の厨で修業をしたことがある。そこでわん屋のお運びをしていた真造の妹の真沙と知り合い、晴れて夫婦になって三峯神社に帰った。わん屋の夫婦の弟と妹がまた縁をつむいで夫婦になったわけだ。

「ちょっと見せてくれ」

真造が手を拭きながら厨から出てきた。

さっそく文に目を通す。

「なるほど。今度こそ無事に育つといいな」

　真造が言った。

　真沙は以前にも子宝に恵まれたことがあるが、あいにく育たなかった。そのときは身ごもった際に喜んで文で知らせてきたから、わん屋から文と祝いの品を贈ったものだ。

「ここからが大変だけど……」

　例によってからくり人形の円太郎《えんたろう》を動かして遊んでいる円造をちらりと見てから、おみねは続けた。

「まずは生まれてひと安心ね」

「そうだな。無事に育つことを祈ろう。前の子はすぐ亡くなってしまって悲しい思いをしたから」

　妹の気持ちを思いやって、真造が言った。

「女の子なら、真沙ちゃんに似た美人に育つわね」

　おみねが笑みを浮かべた。

　文によると、三峯で生まれた子は女の子だ。

「あいつにも妹ができればな」

真造が円造を指さした。

「そのうちに」

おみねが帯に軽く手をやった。

五

中食は四日から始まった。

わん屋の前には、こんな貼り紙が出た。

寒の食べくらべ膳
寒ぶりてりやき
寒びらめ煮つけ
ごはん、みそしる、香の物、小ばち
四十食かぎり　四十文

「おう、正月から豪勢だな」

なじみの左官衆の声が響いた。

「盆がでけえぞ」

「照り焼きも煮付けも大きな円皿だからよ」

「余ったところにおせちの残りがうまいこと載ってるぜ」

客の一人が箸で示した。

「寒鰤《かんびらめ》も寒鮃も、あまり貧相なものはお出しできないので」

おみねのほおにえくぼが浮かんだ。

「そうすると、でけえ円皿が要り用になるわけだな」

「よそなら、ちょうどいい皿で足りるけどよ」

「いちいち手間のかかるこって」

左官衆が口々に言う。

「そのおかげで、昆布巻きや蒲鉾なども箸休めに食せるわけだ。まあ文句を言うな」

今日は中食から来た鍛錬館の柿崎隼人が笑って言った。

「へい、そのとおりで」

「ありがたくいただきまさ」

左官衆が答えた。

「お待たせいたしました。寒の食べくらべ膳でございます」

明るい声が響いた。

上背のある娘が膳を運んでいく。

千之助の女房になったおみかがやめたあと、代わりに手伝いに入ったおすずだ。

すっかりなじんで看板娘になっている。

「照り焼きも煮付けも、いい塩梅だな」

柿崎隼人が言った。

「どちらもふっくらしております」

門人が笑みを浮かべる。

「旬の魚は身がしっかりしているからな」

道場主が満足げに言った。

それやこれやで、わん屋の中食の膳は初日から滞りなく売り切れた。

六

正月早々から火が出ることが江戸ではよくあるが、今年は幸い大丈夫で、平穏に松が取れた。

寒の食べくらべ膳が好評だったから、料理を変えてまた出すことにした。

寒鰡《かんぼら》の刺身と寒鮃のぱりぱり焼き

この組み合わせもいたって好評だった。

寒い時季の鰡は、ことに刺身がうまい。

背側と腹側の身を分け、脂が乗ってとろけるような白身と、赤みのある濃い味の血合い筋の両方を楽しめるようにする。円皿に体裁よく盛り付けると見た目もいい。

平たい鍋を使った寒鮃のぱりぱり焼きも美味だ。塩胡椒をほどよく効かせると、魚のうま味がさらに引き立つ。

もう一種、寒鯵《あじ》の竜田揚げもお目見えになった。

生姜醤油で下味をつけて、かりかりに焼く。これも好評を博した。初めに出した寒鰤の照り焼きと寒鮃の煮付けと組み合わせれば、新たな寒の食べくらべ膳になる。

「これなら毎日だって出せるな」

「いや、たまには野菜も食いたいぜ」

「魚と組み合わせりゃいいんだ」

「冬場は大根がうめえからな」

客からそんな声があがった。

そこで、さっそく新たな寒の食べくらべ膳を出した。

風味豊かな柚子《ゆず》味噌をつけた風呂吹き大根も、ことことじっくり煮た大根と厚揚げの煮物も好評だった。

そんな調子で、寒の食べくらべ膳を重ねているうち、早くも十五日がやってきた。

今年初めてのわん講だ。

肝煎りの七兵衛に、美濃屋の正作。それに、椀づくりの太平と弟子の真次などが顔を見せた。

「早いもので、来月はもうわん市だね」

大黒屋の隠居が言った。

「今年もいい品をそろえて、気張ってやりましょう」

美濃屋のあるじが笑顔で言う。

「年明けから気張ってつくってますんで」

椀づくりの太平が右の手のひらを開いた。

節くれだったほまれの指だ。

「今日はあきないで来られないようだが、千鳥屋さんもいい品を用意しているみたいで」

七兵衛はそう言うと、囲炉裏にかかった大鍋のほうを見た。

「いい香りがしてきました」

お付きの巳之吉が目を細める。

今日は味噌仕立てのほうとう鍋だ。南瓜、人参、大根、葱、里芋、蒟蒻、油揚げ……たっぷりの具が幅広の麺とともに煮られている。

「おじやまでおいしそうで」

美濃屋のお付きの信太が気の早いことを言った。

「まずはほうとうだよ」

仲のいい巳之吉が言う。

「ああ、そうだね」

信太が髷に手をやったから、わん屋の座敷に和気が漂った。

ここでまた客が入ってきた。

「香りにつられてやってまいりました」

そう言いながら入ってきたのは、蔵臼錦之助だった。

七

そのうち、ほうとう鍋が頃合いになってきた。

取り分けて食しながら話を進める。

「次は新たな刷り物でいきますかな」

蔵臼錦之助が言った。

「さようですね。気の入ったやつをお願いしますよ、先生」

七兵衛が酒をつぐ。

「承知しました」

蔵臼錦之助がうなずいた。

「次の実演は、だれか手が挙がってますかい？」

太平が問うた。

「いや、まだだれも」

肝煎りが答えた。

「なら、次は椀づくりで」

美濃屋のあるじが水を向けた。

「弟子とそういう話をしてたんで」

親方が真次のほうを指さした。

「まあ、それはいいわね」

おみねが笑みを浮かべた。

「轆轤《ろくろ》を運ぶのが面倒だけどね」

真次が言う。

「わん市の実演も縁起物になってきたから」

真造が厨から言った。

竹箸づくりの富松が、前にわん市で実演を披露した。その手さばきを感慨深げに見まもっていた常磐津《ときわず》の師匠と縁ができ、とうとう夫婦になったのだから、たしかに縁起物だ。

ほうとうを食しながら、さらに話が続いた。

富松の妹のおちさは、わん屋の手伝いを経て竜之進と夫婦になり、えん屋のおかみになっている。蔵臼錦之助は、昨日寄ってみたらしい。

「薬研堀に用があったので、ちょいと立ち寄ってみたんですがねえ」

戯作者はややあいまいな顔つきで首をひねった。

「達者そうでしたか？」

酒の代わりを運んできたおみねが問うた。

「少しおかみの具合が悪いようで」

蔵臼錦之助が答えた。

「まあ、風邪か何かかしら」

おみねの表情が曇る。

「まだまだ寒い日が続くからね。あったかいものを胃の腑に入れないと」

七兵衛がそう言って、とろりと煮えた里芋を口中に投じた。

「医者にかかるそうなので、心配はいらないでしょう」

蔵臼錦之助が言った。

「だといいけれど」

おみねは軽く首をひねった。

わん講のみなは案じたけれども、杞憂《きゆう》に終わった。

まもなく、えん屋から朗報がもたらされた。

おかみのおちさが、初めての子を身ごもったのだ。

第七章　煮玉子の味

一

竜之進はよく当たる易者でもある。勘ばたらきも鋭い。

おかげで、もしやと察しがついた。

おちさの具合が芳しくないのは、ややこを身ごもったからかもしれない。

薬研堀にはいい産婆がいるし、本道（内科）と産科の心得のある医者の診療所も近い。さっそく産婆のおたつに診てもらったところ、間違いなく身ごもりだということだった。

えん屋はただちに休みになった。これはもう見世どころではない。

「何か悪いものでも食べたのかと思っていました」

おちさが帯に手をやった。

「わたしは、もしかしたらと思っていましたが」

竜之進が笑みを浮かべた。

「旦那の勘が鋭かったね」

おたつが笑って答えた。

百戦錬磨の産婆だ。笑顔が安心感をもたらしてくれる。

「これから養生しないと」

おちさが言った。

「そうだね。いまがいちばん大事なときだから。重いものを持ったりはしないように。歩くときにも気をつけて」

産婆が表情を引き締めて言った。

「承知しました」

おちさがうなずいた。

「見世の休みを増やして、無理がかからないようにするから」

と、竜之進。

「それで暮らしていける？」

おちさがやや不安そうに問うた。

「ああ、大丈夫だよ。ややこが無事に生まれて育ったら、易者として町に出ることもできるし、ほかの実入りもあるから」

　竜之進は言葉をぼかして答えた。

　御用組の一員として、ここぞというときに大事な見立てを行う竜之進には、ひそかに手当てが出ている。「ほかの実入り」とはそのことだ。

「なら、安心だね」

　おたつがまた笑みを浮かべた。

「二人で、いや、ややこも含めてなんとかやっていきますので」

　竜之進が笑みを返した。

「そうだね。なら、わたしゃ玄斎《げんさい》先生に伝えてくるよ」

　産婆はそう言って腰を上げた。

「よろしゅうお願いいたします」

「どうかよしなに」

　えん屋の夫婦の声がそろった。

二

「精のつくものを召し上がり、日々気をつけていればきっと大丈夫です」

総髪の医者が言った。

御厨《みくりや》玄斎だ。

薬膳にも詳しい腕のいい医者で、快く往診にも来てくれる。

「玉子などを調達して、食べてもらおうかと思っています」

竜之進が言った。

「ああ、いいですね。玉子は百人力ですから」

玄斎がすぐさま答えた。

「出前をお願いできそうな見世もありますので」

おちさが笑みを浮かべた。

当のおちさが手伝いをしていたわん屋だ。あまりしょっちゅうというわけにもいくまいが、たまには精のつくものを届けてもらうようにすればいい。

「それはいいですね。なるたけ心穏やかに、明るい心持ちで過ごすようにしてください」

医者が言った。

「はい」

おちさがうなずく。

ここでえん屋になじみの客が来た。

きれいな丸髷の女房だ。住まいが近いから、折にふれてのれんをくぐってくれる。

「あら、玄斎先生」

客が声をかけた。

医者とも顔なじみのようだ。

「産婆のおたつさんから聞いて、往診に来たんですよ。ややこを身ごもられたので」

玄斎が柔和な顔つきで言った。

「まあ、それはそれはおめでたく存じます。何かあったら、お声をかけてくださいましな。近いので、すぐ駆けつけますから」

女房は快くそう言ってくれた。

名をおせんという。江戸の人情をぐっと詰めこんだかのような女だ。

「ありがたく存じます」

おちさが頭を下げた。

「その節はよしなにお願いいたします」

竜之進も折り目正しく一礼する。

「まかしといてよ」

おせんが二の腕をたたいてみせた。

「では、くれぐれも無理はなさらないように」

玄斎はそう言って腰を上げた。

「承知しました。ありがたく存じました」

おちさがまたていねいに頭を下げた。

三

竜之進に初めてのややこができるという話は、御用組にも伝わった。

その日のうちに、大河内同心と千之助がさっそく姿を現した。

「おう、めでてえな」

大河内同心がさっと右手を挙げた。

「おめでとうさんで」

千之助が白い歯を見せる。

手には風呂敷包みを提げていた。

「ありがたく存じます」

えん屋の帳場に座った竜之進が頭を下げた。

「女房は奥かい？」

大河内同心が指さす。

「ええ。休むのがいちばんなので」

竜之進は答えた。

「見世は閉めなかったのか」

と、同心。

「わたしだけでなんとか。この先は休みを増やして、なるたけそばにいてやるつもりで」

竜之進が言った。

「実入りは減っちまいますがね」

千之助が言った。

「いずれまた易者のなりわいをすれば、いくらでも取り返せるので」

竜之進が笑みを浮かべた。

「わん市はどうするんだ」

大河内同心がたずねた。

「おちさだけで見世番だと不安なので、だれか助けが見つかればと」

竜之進は慎重に答えた。

「せっかくの開運わん市だからな」

大河内同心がうなずく。

「ええ。光輪寺のご本尊を拝んで、安産の祈願もせねばなりませんので」

竜之進が言った。

「安産の祈願なら」

千之助が包みを軽く上げた。

「おう、ここでお披露目だな」

と、同心。

「へい」

千之助が包みを解いた。

中から現れたのは、張り子の狗《いぬ》だった。安産祈願の縁起物だ。

「かしらからの贈り物だ」

大河内同心が告げた。

「これは結構なものを。おちさも喜びます」

竜之進は笑顔で受け取った。

「わん市には顔を出すそうだ。お産を代わるわけにはいかないから、いたわってやれという伝え言で」

同心が言う。

「承知しました。ありがたく存じます」

張り子の狗を抱いたまま、竜之進は頭を下げた。

四

その後も祝いに来る客が続いた。

もっとも、翌日にえん屋に姿を現したのは竹箸づくりの富松だった。おちさの兄だから身内だ。

「おう、養生しなよ」

帳場に座っている妹に向かって、富松は言った。

「うん、でも、寝てばっかりいるわけにもいかないから」

おちさは笑みを浮かべた。

「無理するなよ」

兄の顔で、富松が言う。

「なるたけわたしがやるようにしておりますから」

棚の品をあらためながら、竜之進が言った。

「ああ、頼むよ」

富松が白い歯を見せた。

「そっちはどうなの？」

おちさが兄にたずねた。

「うちか？」

富松はおのれの胸を指さした。

「うん。間を置かずに祝言を挙げたんだから」

おちさが言った。

富松の女房は常磐津の師匠の志津《しづ》だ。

「うちのはおめえよりだいぶ年上だからよ」

と、富松。

「でも、まだまだややこは産めると思うので」

おちさが笑みを浮かべる。

「まあ、そのうちにな」

まんざらでもなさそうな表情で、富松が答えた。

ここで客が来た。

祝い物の夫婦箸を探していると言う。

「それなら、こちらがよろしゅうございましょう」

竜之進が示したのは、見事な出来の竹箸だった。

「おいらがつくったんでさ」

富松が自慢げに言う。

「わたしの兄なんです」

おちさが紹介した。

「妹がややこを身ごもったので、祝いを言いに来たところで」

富松が白い歯を見せた。

「それはこの上ない縁起物ですね。ちょうどいい祝いになります」

客が笑顔で言った。

こうして、また一つ縁結びのえん屋の品が売れた。

五

そのころ、わん屋の厨では、おっきりこみおでんの鍋がいい塩梅に煮えていた。

末松がこれから屋台を出すところだ。

「ここから薬研堀だとちょっと遠いかしら」

おみねが真造に小声で言った。

「ああ、おちさちゃんに出前か」

真造が心得て答える。

「ええ、煮玉子入りだと精がつくだろうし」

と、おみね。

「いいっすよ。今日は薬研堀に出しましょう」

耳ざとく聞きつけた末松が言った。

「そう、悪いわね」

と、おみね。

「違うところに屋台を出すと、気が変わって楽しいので」

末松は白い歯を見せた。

一枚板の席には、大黒屋の隠居の七兵衛と、紅屋の隠居の清兵衛が陣取っていた。穴子の筏揚げを肴に一献傾けている。わん屋では一本揚げを出せないから、切って筏のように積み上げて円皿に盛りつける。これはこれで風情があるとはもっぱらの声だ。

「これからおちさちゃんに出前かい？」

七兵衛が問うた。

「ええ。精のつくものをと」

おみねのほおにえくぼが浮かんだ。

「なら、煮玉子を多めに」

末松が言った。

「お代は御用組が払ってくださるそうなので」

真造が笑みを浮かべる。

「ありがたいことだね」

七兵衛がそう言うと、からりと揚がった穴子を口中に投じた。

そのとき――。

座敷のほうから、やにわに泣き声が聞こえてきた。

円造だ。

「どうしたんでえ、跡取りさん」

「からくり人形が壊れたのか？」

囲炉裏端でほうとう鍋を囲んでいた植木の職人衆が訊く。

「円太郎が……」

円造はべそをかいていた。

「あらあら」

おみねが近寄って、からくり人形をあらためた。

真造と清兵衛も案じ顔で近づいてきた。

「動くことは動くけど、前へ進まなくなったみたい」

おみねが真造に言った。

「つくった職人さんに見てもらうのがいちばんだよ」

清兵衛が言った。

「さようですね。おもかげ堂さんに伝えなければ」

と、真造。

「おもかげ堂は本郷竹町《ほんごうたけちょう》だったね」

七兵衛が一枚板の席から言った。

「ええ。からくり人形づくりでは江戸一です」

真造が表情をやわらげた。

おもかげ堂のあるじは磯松《いそまつ》、妹は玖美《くみ》。木地師《きじし》の血筋を引くきょうだいには特殊な能力があり、折にふれて大河内同心の手下として働いてきた。その縁でわん屋ともなじみで、円造に円太郎をつくってくれた。

「あちらのほうにもお得意先がいるから、わたしが伝えてこよう」

七兵衛がそう言ってくれた。

「まあ、それは助かります」

おみねがほっとしたように言った。

「きっと直してくれるぜ」

「ちょっとの辛抱だ」

気のいい職人衆が言った。

「うん」

円造は気を取り直して目元をぬぐった。

ほどなく末松の支度が整った。

屋台と出前の二股だから大構えだ。

「なら、行ってきます」

末松がいい声を響かせた。

「ああ、お願いします」

おみねが頭を下げた。

「すまないね。頼むよ」

真造が送り出した。

六

「なら、おいらは屋台があるんでこれで」

末松が笑顔で言った。

「ありがたく存じました」

おちさが頭を下げた。

「さっそく食べさせますので。わん屋さんにくれぐれもよしなに」

竜之進も続く。

「承知しました。なら、これで」

末松はさっと右手を挙げた。

えん屋ののれんはもうしまわれている。ここからは夫婦水入らずだ。

「あたたかいうちに食べよう」

竜之進が笑みを浮かべた。

「おまえさまの分は？」

おちさが問う。

「食べきれなかったら食べるよ」

竜之進は答えた。

「うん」

おちさはうなずいた。

幅広麵のおっきりこみはほどよく煮えていた。精のつく煮玉子が三つも入っている。

ほかの具は、人参、大根、葱、蒟蒻、里芋、竹輪、油揚げだ。どれも味がよくしみている。

「……おいしい」

まずおっきりこみを食したおちさが、ほっと一つ息をついた。

「玉子も食べるんだよ」

竜之進がやさしいまなざしで言った。

「ええ、一つずつ」

おちさが一つ目の煮玉子に箸を伸ばした。

ゆっくりと味わいながら食す。

身の内に宿ってくれたややこの養いになるようにと、思いをこめて少しずつ胃の腑に落としていく。

心にもしみる味だった。

この煮玉子の味を忘れないようにしよう。

おちさはそう思った。

「わん市の日も、出前を頼めればいいんだがね」

竜之進が言った。

さきほどまで、顔なじみになった近くの女房のおせんが来ていた。わん市にえん屋の出見世を出すとおちさだけになってしまうので、様子を見がてら顔を出してもらえないかと頼んだところ、おせんは心よく請け合ってくれた。

「だったら、おせんさんの分も」

おちさが言った。

「ああ、そうだね。御礼に出前を頼んでおこう」

竜之進が答えた。

煮玉子の残りは一つになった。

「もうおなかいっぱいになってきた」

おちさは帯に手をやった。

「身の養いになるから、玉子だけでも食べなさい。生まれてくるややこのためにも」

竜之進が思いをこめて言った。

「そうね。ややこのために」

おちさは最後の煮玉子に箸を伸ばした。

七

おもかげ堂のきょうだいがわん屋に姿を現したのは、その翌々日のことだった。

「ご無沙汰しておりました」

玖美がていねいに一礼した。

「さっそくですが、円太郎を拝見します」

磯松が折り目正しく言った。

「お願いいたします」

おみねが頭を下げた。

「どうかよろしゅうに。お医者さんの往診みたいですが」

厨から出てきた真造が言った。

おもかげ堂のあるじは手に道具箱を提げていた。たしかに往診の医者みたいだ。

「まあそのようなものです」

磯松は笑みを浮かべた。

木地師の血を引くきょうだいは、どちらも人形のように整った顔だちをしている。色も抜けるように白い。

おもかげ堂は江戸でも指折りの人形屋だ。美しいたたずまいの京人形や御所人形、それに、巧みな木彫りの人形などが置かれている。

さりながら、奥へ進むと一見《いちげん》の客の表情が変わる。ここがただの人形屋ではないことが分かるからだ。

笑みを浮かべた茶運び人形、魚釣り人形、鼓笛《こてき》児童、品玉《しなだま》人形……。

とりどりのからくり人形が並んでいる。江戸広しといえども、ここしかない珍しい見世だ。

「円太郎を持ってきて」

おみねが円造に声をかけた。

中食が終わり、二幕目が始まるまでの中休みのときだ。まだ座敷に客の姿はない。

「うん。直してくれるの？」

円造の瞳が輝いた。

「まずは見てからだね」

磯松が答えた。

円造の遊び道具として、茶運び人形はもってこいだ。円太郎に話しかけているうちに、ずいぶん言葉も増えた。

わらべがからくり人形を持ってきた。

さっそく磯松が検分する。

「どう？」

待ちきれないとばかりに、円造が問うた。

「直るよ」

磯松が笑みを浮かべた。

「ほんと？」

わらべの顔に喜色が浮かんだ。

「ただ、中の部品を替えないと駄目だね。少し時がかかる」

磯松が言った。

「だったら、持ち帰りね。いくらか待ってね」

玖美が円造に言った。

わらべがあいまいな顔つきでうなずいた。

「我慢できるわね」

おみねが言う。

「うん」

わん屋の跡取り息子がうなずいた。

「同じ人形で遊びすぎたから、調子が悪くなってしまったようです。ついでだから、もう一体おつくりしましょうか」

磯松がおみねに訊いた。

「ああ、それがいいかも」

おみねは乗り気で答えた。

「次は娘人形がいいでしょう。お安くしておきますので」

玖美が笑みを浮かべた。

「それはぜひ、お願いします」

真造が頭を下げた。

「男の子と女の子がそろうとにぎやかでいいわね。できるまで、楽しみに待っていようね」

おみねが円造に言った。

「うんっ」

一時はべそをかいていた円造が元気よく答えた。

第八章　開運わん市

一

わん市の日が来た。

幸いにも好天に恵まれた。愛宕権現裏の光輪寺には、本尊の御開帳に合わせたわん市の客が次々に訪れた。

開運わん市

新調された幟《のぼり》が風にはためいている。

早春らしい紅梅色の幟だ。

「すべてが円くおさまる縁起物ですよ」

肝煎りの七兵衛が客に声をかけた。

「一つ買っておけば、今年は無病息災、大願成就間違いなしです」

手伝いを買って出た紅屋の隠居の清兵衛がいい声を響かせた。

千鳥屋の出見世のおまきはまだ子が小さいし、竜之進の女房のおちさもややこを身ごもった。勘定場の人手が足りなくなってしまったが、紅屋の孫娘たちが引き受けてくれた。日ごろから見世に出ているから、客あしらいは慣れたものだ。

「割れ物ですので、大事にお持ちくださいまし」

「ありがたく存じました」

気持ちのいい声が響く。

「わあ、上手ね」

「こうやって木を削っていくんだ」

椀づくりの実演を見ていた娘たちが声をあげた。

太平と真次が二人がかりで轆轤と木を運び、実演を始めたところだ。いまは真次が椀をつくり、太平が売り役をつとめている。

「しっかり木を選ぶところから始めてるんで、いい品ができますよ」

太平が笑顔で言った。

ほかの客も来た。

「これは木目が美しいねえ」

どこぞの隠居とおぼしい客が円い椀を手に取って言った。

「使いこめば使いこむほどに味が出てまいりますよ」

ここぞとばかりに、太平が言った。

「なるほど。いいね。これをおくれでないか」

客はすぐさま決めてくれた。

「ありがたく存じます。あちらの勘定場へどうぞ」

太平は笑顔で示した。

「ありがたく存じました」

真次も鑿を動かす手を止めて言った。

「この先も、気張っていい品を世に送り出してくださいよ」

椀を手にした客が言った。

「承知しました」

「気張ってやります」

椀づくりの職人たちの声がそろった。

二

「どうだ、売れ行きのほうは」

大河内同心が声をかけた。

えん屋の出見世の前だ。

「やはり、わたしが見世番だといま一つ芳しくないようです」

竜之進が苦笑いを浮かべた。

「そりゃ、おちさちゃんが座ってるのとはだいぶ違うんで」

千之助が言う。

海津与力はわん屋の打ち上げに顔を出すことになっている。蔵臼錦之助もほかに用があって打ち上げからだ。

「まあ、仕方がないな。水際立った男前が座ってたら、遠くから見る分にはいいが、品を買うのは腰が引けちまうかもしれねえ」

大河内同心が言った。

「かと言って、実演はできませんので」

椀づくりのほうをちらりと見て、竜之進が答えた。

「易者をやればどうっす？」

千之助が水を向けた。

「いや、今日はそういう場ではないので。ここで易者などをやったら、わん市の気が乱れてしまう」

軽い問いに対して、竜之進はまじめに答えた。

「なるほど、深《ふけ》えな」

千之助がうなずいた。

「うちで卦を立てたりはしてるのかい」

大河内同心が問うた。

「ええ。おちさがややこを身ごもったので、だいぶ迷ったんですが」

竜之進は笑みを浮かべた。

「悪い卦が出ちまったら困るからな」

と、同心。

「でも、その顔つきを見ると、いい卦が出たんじゃないですかい？」

千之助が問うた。

「幸いにも」

竜之進がうなずいた。

「そりゃ重畳だ」

大河内同心が白い歯を見せた。

「おちさばかりでなく、この先、めでたいことが続いていくだろうという卦で」

竜之進が告げた。

「数珠つなぎみたいなものか」

大河内同心が妙な手つきをまじえた。

「はい。今年はいいことが続きそうです」

竜之進は白い歯を見せた。

ここで客が来た。

円い盆を手にしている。

「おっ、おいらの品で」

今日は実演ではなく、品だけを運んできた盆づくりの松蔵が言った。

客が選んだのは、もともとえん屋におろしていた品だ。

「ちょうどいい大きさで」

客が笑顔で言った。

「重宝してやってくださいまし」

盆づくりの職人が笑みを返した。

「毎度ありがたく存じます」

えん屋のあるじの顔で、竜之進が頭を下げた。

三

次にやってきたのは、鍛錬館の剣士たちだった。

「邪気祓いの剣舞を披露してもよろしいでしょうか、ご隠居」

道場主の柿崎隼人が七兵衛に問うた。

すでにやる気満々で、門人ともども、道着をまとっている。

「ああ、それはもう。こちらからお願いしたいくらいで」

大黒屋の隠居が笑顔で答えた。

「では、人の多いところは危ないから庭で」

柿崎隼人は二人の門人に目でうながした。

引き締まった顔つきの若者たちが木刀を提げて庭に出た。

「それがしは鍛錬館という道場を営む柿崎隼人と申す」

剣士が口上を始めた。

張りのある、よく通る声だ。

「江戸の道場は、昨年は悪しき者どもが跳梁し、すっかり信を落としてしもうた。その失地回復を図るべく、邪気を祓い、福をもたらす剣舞を門人たちと披露させていただく。いざ」

柿崎隼人が木刀を構えた。

「やあ」

「いざっ」

二人の門人も構える。

「見物するだけで福が来ますぞ」

肝煎りの七兵衛がひと声発した。

品をあらためていた客も手を止めて庭を見る。

「とおっ」

道場主が打ちこんだ。

「とりゃっ」

門人が受ける。

阿吽の呼吸で体が離れる。

「ていっ」

今度はべつの門人が打ちこんだ。

道場主が正しく受ける。

かんっ、という小気味いい音が響いた。福を呼ぶ打ち出の小槌《こづち》の音のようだ。

「おめえも何かやってきな」

大河内同心が千之助に言った。

「へい、なら、飛び入りで」

千之助はただちに動いた。

「とりゃっ」

やにわにうしろへ宙返りをする。

「おお」

「凄いな」

見物客から声があがった。

「ともに邪気を祓わん。とおっ」

柿崎隼人が木刀を横ざまに振るった。

千之助の目を見て、間合いを計り、いちばん具合がいいように動かす。

「せいっ」

千之助がまた軽々と宙返りをしてかわした。

「これにて福来る」

七兵衛の声が高くなった。

「めでたし、めでたし」

清兵衛が手を拍《う》った。

剣舞は締めに入った。

「江戸はこれにて」

打ち合わせておいたとおり、門人たちが芝居がかったしぐさで木刀を納める。

「盤石なり」

道場主が歌舞伎役者のような所作で一礼した。

「よっ、江戸一」

「いや、日の本《ひのもと》一」

「今日来てよかったぜ」

わん市の客の顔に笑みが浮かんだ。

四

今年初めてのわん市は、盛況のうちに幕を閉じた。

わん屋での打ち上げは有志が参加し、用がある者はそれぞれの帰路に就く。

「このたびは轆轤を運ぶんで帰りまさ」

椀づくりの親方の太平が言った。

「気張ってやったんで疲れました」

真次が七兵衛に言った。

「ああ、働きだったね。おかげでわん市は大盛況だ」

肝煎りが恵比須顔で答えた。

「では、帰りは慎重に。荷車を倒したりしないように」

千鳥屋の隠居の幸之助が言った。

ぎやまん物は割れやすいから、細心の注意を要する。

「承知しました、旦那さま」

手代の善造がいい声で答えた。

「二人で気張って運ぼう」

次男の幸吉が荷車のほうを手で示した。

おまきと子が待つ宇田川橋の出見世まで売れ残った品を運ぶ。

「はいっ」

手代がいい声で答えた。

えん屋の出見世の帰り支度も整った。薬研堀の見世まで、これから荷車を引いていく。

「なら、女房によしなにな」

大河内同心が声をかけた。

「はい。かしらによろしくお伝えください」

竜之進は折り目正しく答えた。

「おう、代わりに呑み食いしてやるから」

大河内同心が笑って答えた。

「早く帰ってやってくだせえ」

千之助も言う。

ここで住職の文祥和尚が近づいてきた。

「安産祈願の仏様を持ってまいりました」

文祥和尚は小さな木彫りの像を手にしていた。

「これをわたくしに？」

竜之進が驚いたように問うた。

「いたってささやかなものですが、お経を唱えて気をこめてありますので」

光輪寺の住職が笑みを浮かべた。

「何よりの贈り物だな」

大河内同心が言う。

「はい、ありがたく存じます。頂戴します」

竜之進はうやうやしく受け取ると、仏像の顔を見た。

観音様だ。

慈愛に満ちた表情をしている。

「いいお顔です。女房も喜びます」

竜之進は笑みを浮かべた。

「どうかお大事に。力を合わせて、日々を平らかに過ごしてください」

文祥和尚が言った。

「はい、大事にいたします」

竜之進はそう答えると、木彫りの観音像をふところにしまった。

五

「ちょっと早く来すぎましたな」

蔵臼錦之助が苦笑いを浮かべた。

「まあそのうち来るだろう」

そう答えたのは海津与力だった。

わん市の打ち上げがあるため、二幕目のわん屋はほぼ貸し切りになっている。

しかし、いまのところ姿を見せているのは、戯作者と御用組のかしらだけだ。

「ひとまずお通しを」

おみねが小鉢を運んできた。

酒はすでに出ている。

「おう。つやつやでうまそうだな」

海津与力が笑みを浮かべた。

里芋と蛸の煮物だ。里芋はひと目見ただけでうまいと分かる照りをしている。

「先生には蛸《たこ》抜きで」

おみねはそう言って小鉢を置いた。

「痛み入り申す」

生のものを口にしない戯作者が芝居がかった口調で答えた。

「新たなからくり人形は、いい木を使ってくれるそうだ」

座敷でお手玉をして遊んでいた円造をちらりと見てから、海津与力が言った。

「まあ、さようですか」

と、おみね。

「からくり尾行にも使える神木だから、末永く使えるだろう」

海津与力がそう言って、蛸を口中に投じた。

諸国を廻ることがある千之助が、折にふれて深山幽谷《しんざんゆうこく》に分け入り、神木を見つけて調達してくる。その木を使い、息吹をこめたからくり人形には特殊な能力が備わる。咎人の臭跡を追い、ねぐらを突き止めたりすることができるのだ。江戸の夜に人知れずかたかたと動くからくり人形は、これまでにいくたびも手柄を挙げてきた。

「そんな貴重な木で、円造の人形を」

厨から真造が言った。

「なに、一本まるまる使うわけじゃねえから」

海津与力が笑った。

ここでおみねが次の肴を運んできた。

「お待たせいたしました。慈姑煎餅《くわいせんべい》でございます」

竹細工の円いざるに紙を敷き、薄切りにしてからりと揚げて塩を振ったものを並べて出す。これも酒の肴にはもってこいだ。

「やつがれの好物で」

蔵臼錦之助がさっそく箸を伸ばした。

「あっ、見えましたね」

おみねが入口のほうを見た。

「さすがの勘ばたらきだな。おれより気づくのが早い」

御用組のかしらが言った。

ほどなく、わん市の面々がわん屋に入ってきた。

六

座敷では囲炉裏に鍋がかけられた。

名物のほうとう鍋だ。

「今日は醬油仕立てか」

一枚板の席に陣取ったままの海津与力が言った。

「はい。こちらには味噌煮込みうどんを」

真造が手を動かしながら言った。

「その前に天麩羅をお持ちしますので」

おみねが笑みを浮かべた。

「このたびも盛況だったので、どんどん持ってきてください」

肝煎りの七兵衛が上機嫌で言った。

「孫娘たちの勘定場は初めてでしたが、無事に終わってよかったですよ」

紅屋の清兵衛が言う。

「いやいや、堂に入った客あしらいで助かりました」

七兵衛はそう言って、清兵衛に酒をついだ。

大黒屋の巳之吉と、美濃屋の信太。二人の手代は円造の相手を始めた。

「新たな人形もできるのかい」

円造から話を聞いた巳之吉が言った。

「うん。円太郎も直してもらうよ」

円造が笑顔で言った。

「そりゃよかったね」

信太が白い歯を見せた。

「男女一対の茶運び人形になるそうだ」

一枚板の席から大河内同心が言った。

隣には千之助もいる。

「楽しみ」

わらべの瞳が輝いた。

穴子に海老に鯵に鰈《かれい》、それに甘藷。

天麩羅の盛り合わせができた。

「おいらの盆が働きだな」

料理を運ぶおみねのほうを指さして、松蔵が言った。

今日はずいぶん品が売れたからほくほく顔だ。

「冬場は盥はあんまり出ねえんだが、釜揚げうどんにどうっすかって言ったらわりかた売れてくれた」

一平も上機嫌だ。

素麵《そうめん》に使える夏場と違って、冬場の盥の売れ行きはいま一つだったのだが、あつあつの釜揚げうどんにどうかと勧めたのが功を奏した。

「うどんを濃いめのつゆにつけて食ったらうめえからよ」

と、松蔵。

「刻み葱をたっぷり載せてな」

一平が笑顔で言う。

「ほうとうが煮える前におなかがいっぱいになりそうで」

海老天を食した美濃屋の正作が言った。

「どれもさくさくで、いい揚がり方だ」

紅屋の隠居が満足げに言った。

「これもほくほくですな」

蔵臼錦之助が笑みを浮かべる。

口に運んだのは、もちろん甘藷だ。

そんな調子で天麩羅が平らげられていくうち、ほうとう鍋がだんだん頃合いになってきた。

「味噌煮込みうどんも二、三人前ずつお持ちしますので」

おみねはそう言うと、一枚板の席に円い鍋敷きを置いていった。

打ち上げは佳境に入った。

七

「おまえたちも食べなさい」

七兵衛がお付き衆に言った。

「いえ、手前は締めのおじやを頂戴できればと」

巳之吉が答えた。

「いつもそうだから、たまにはほうとうも」

七兵衛が勧める。

「今日もいい働きだったからね」

千鳥屋の幸之助が和した。

出見世に品を運んでから、あるじのお付きに戻っているのだから、たしかに大車輪の働きだ。

「手前もほうとうを頂戴できるんで？」

信太が驚いたように言った。

「ああ、たんと食べなさい」

幸之助が温顔で言った。

「ありがたく存じます」

信太が小気味よく頭を下げた。

「よし、食べよう」

巳之吉が勇んで言った。

ややあって、取り分けられたほうとうを、二人の手代は競うように食べはじめた。

「ああ、おいしい。もちもちしてる」

「葱もうめえや」

「里芋に人参に大根に油揚げ、具だくさんで目移りがするよ」

「つゆもうめえ」

しきりに声がもれる。

「円ちゃんも」

それを見ていたわん屋の跡取り息子が手を挙げた。

おのれも食べたくなったのだ。

「おまえも食べるのかい？」

おみねが問うた。

「うんっ」

円造は元気よくうなずいた。

わらべにもほうとうが取り分けられた。

「熱いから、ちゃんとふうふうしてから食べるのよ」

母が言う。

「うんっ」

再び元気よく答えると、円造はややぎこちない箸づかいでほうとうをつまんだ。

そして、いくたびも息を吹きかけてから口中に投じた。

「うまいかい？」

七兵衛が問う。

「……おいしい」

円造が笑顔で答えたから、わん屋の座敷に和気が漂った。

八

一枚板の席では、味噌煮込みうどんの箸が進んでいた。

大ぶりの海老天に肉厚の椎茸、厚切りの蒲鉾など、こちらも具だくさんだ。

「木曾《きそ》では神木も調達してきましたぜ」

千之助がそう言って、ぷりぷりの海老天を嚙《か》んだ。

「相変わらず神出鬼没だな」

大河内同心が言う。

「何にせよ、木曾の盗賊も一掃されて何よりだ」

御用組のかしらが満足げに言った。

「おいらが捕まえたわけじゃねえですが」

と、千之助。

「木曾の代官所が働きだった。御用組は頭数が少ねえから、捕り物は人頼みだ」

海津与力は渋く笑うと、うどんの残りをわしっとほおばった。

座敷ではおじやの支度が始まっていた。ほうとう鍋の二幕目だ。

「去年からろくでもねえことが続いたが、今年は幸先のいい船出ですな」

大河内同心がそう言って酒をついだ。

「おう。今年はいいことが続くぜ」

海津与力が猪口を少し上げてから酒を呑み干した。

「おめでたもありましたしね」

千之助が白い歯を見せた。

「竜之進はいそいそと帰りましたよ」

大河内同心が笑って言う。

「そりゃそうだろう。身重の女房のそばにいてやるのがいちばんだ」

御用組のかしらが答えた。

「あやかりてえもんだ」

千之助がそう言って、蒲鉾を口中に投じ入れた。

「そのうち、そちらにも子ができましょう」

蔵臼錦之助が言った。

海老天の代わりに、蒲鉾が多めに入っている。生のものは駄目だが、形が変わっている蒲鉾や竹輪やはんぺんなら食えるらしい。

「ああ、なんだかそんな気が」

おみねが鬢に指をやった。

「おかみの勘ばたらきは鋭いからよ」

と、大河内同心。

「正夢みてえなものになるかもしれねえぞ」

海津与力が手下に言った。

「なりゃいいっすけど」

半信半疑の面持ちで、千之助は答えた。

第九章　まどか登場

一

おみねの勘ばたらきは正しかった。

竜之進の女房のおちさに続いて、千之助の女房のおみかもややこを身ごもったのだ。

なにぶん初めての子だ。千之助もおみかも大喜びだった。

「これからが大変だな。養生しな」

千之助が笑みを浮かべた。

「うん。歩くのにも気をつけるから」

おみかが笑顔で答えた。

「おいらがみんなやってやるからよ」

と、千之助。

「まだ大丈夫だから、厨仕事もするし」

おみかが言った。

「それにしても……」

湯呑みの茶を少し啜ってから、千之助は続けた。

「諸国を廻って神木を探したりしてたころは……って、いまもついでがあったらやってるけどよ」

「木曾へ行ってきたばかりだから」

おみかが言う。

「ああ、盗賊がらみで代官所へつなぎに行った。とにかくまあ、むかしはおいらが人の子の親になるなんて、思ってもみなかったぜ」

千之助はそう言うと、おみかがいれた茶をまたうまそうに啜った。

「わたしも」

おみかがうなずく。

「そのうち、安産の祈願に行かなきゃな」

千之助が言う。

「なら、水天宮かしら」

と、おみか。

「おう、情け有馬《ありま》の水天宮だ」

千之助は妙な節をつけて答えた。

「近くのお地蔵さまにもお参りを」

おみかはそう言って帯に手をやった。

「そうだな。なるたけほうぼうへお参りしておこう」

千之助は白い歯を見せた。

二

それからしばらく経った昼下がり――。

わん屋におもかげ堂のきょうだいが姿を現した。

「あっ、できた？」

真っ先に気づいた円造が声をかけた。

「ええ、できましたよ」

風呂敷包みを提げた玖美が言った。

「これからお披露目で」

磯松も包みを提げていた。

兄は藍色、妹は朱色の風呂敷だ。どちらも目を引く。

「ありがたく存じます。こちらから取りに行かなきゃいけないところを」

おみねが恐縮して言った。

「いえいえ、いつも見世にこもっているので」

磯松が答えた。

「お披露目が終わったら、御礼にいろいろ料理をお出ししますので」

厨から真造が言った。

「ええ、楽しみにしてきました」

玖美が笑みを浮かべた。

「これから座敷でやるのかい」

一枚板の席に陣取っていた人情家主の善之助が言った。

「まだ空いているようなので」

磯松が座敷を手で示した。

「油を売りに来ただけなのに、いい見物ができそうです」

的屋のあるじの大造《だいぞう》が言った。

「では、どうぞお上がりくださいまし」

おみねが言った。

「はい。では、失礼します」

「上がらせていただきます」

おもかげ堂のきょうだいは包みを持って座敷に上がった。

「早く見たい」

円造が急《せ》かせる。

「じゃあ、まず直った円太郎からね」

玖美がやさしく言った。

「うんっ」

わらべが元気よく答えた。

玖美がまず朱色の包みを解いた。

「まだ箱があるよ」

と、円造。

「大事に運ばないとね」

磯松が言った。

「はい、出ておいで」

玖美が慎重に箱を持ち上げた。

茶運び人形が現れる。

「わあ、円太郎、直ったかい？」

円造が声をかけた。

「湯呑みを載せてみて」

玖美が言った。

「いま持っていくから」

おみねが言った。

「からくり人形が運ぶんだね。久々に見るよ」

家主が言う。

「いい日に来ましたね」

的屋のあるじが笑みを浮かべた。

支度が調った。

「行くよ、円太郎」

円造がからくり人形の手に湯呑みを載せた。

両方の手のひらを上に向けてほほ笑んでいる人形に湯呑みが載ると、その重みでからくりが動きだす。

「わあ、動いた」

わらべの瞳が輝いた。

「部品を替えたから、調子よく動くよ」

磯松が言った。

「ここまで、ここまで」

円造が先回りして言う。

からくり人形は畳のへりにたどり着いた。

「はい、ご苦労さま」

円造が湯呑みを取り上げた。

円太郎はにっこりと笑った。

ゆっくりと向きを変えて引き返していく。鮮やかな動きだ。

「よくできてるねえ」

善之助がうなった。

「いやあ、眼福眼福」

大造も上機嫌で言う。

「前よりいいくらい。よかった」

円造が胸に手をやった。

「よかったわね」

おみねが笑顔で言った。

「じゃあ、円太郎の妹のお披露目をするよ」

磯松が藍色の包みを軽くかざした。

「うんっ」

わらべの声に力がこもった。

三

「では、円太郎の妹のお披露目でございます。いざ」

おもかげ堂のあるじが包みを解いた。

中の桐箱が現れる。

「出ておいで」

円造が声をかけた。

「なら、行くよ」

磯松が箱をゆっくりと持ち上げた。

「わあ」

わらべが声をあげた。

「まあ、かわいい」

おみねも和す。

「ああ、娘さんだね」

人情家主が笑みを浮かべた。

「同じかむろ頭のわらべでも、いくらか髪が長い」

的屋のあるじが言った。

「じゃあ、動かしてみましょう」

玖美が円造に言った。

「うんっ」

わん屋の跡取り息子は勇んで湯呑みをつかんだ。

新たな茶運び人形の手に載せる。

娘のからくり人形は、かたかたと動きだした。

「わあ、動いた」

円造が手を拍つ。

「その調子、その調子」

おみねが声援を送った。

「おう、いいな」

真造が厨から出て言った。

「ここまでね」

玖美が畳のへりを指さした。

娘の茶運び人形は一度も止まることなく快調に進んだ。

「はいっ」

円造が元気よく湯呑みを取り上げた。

からくり人形が止まり、にっこりと笑う。

「おお、笑った」

人情家主も笑う。

娘の人形が向きを変え、軽快に引き返していった。

「きょうだいで競走もできるね」

おみねが言った。

「できる？」

円造が玖美にたずねた。

「ああ、できるわよ」

玖美は笑顔で答えた。

「名前をつけないとな」

真造が言った。

「ああ、そうね、円太郎の妹だから……」

おみねはこめかみに指をやった。

「うちでは、円《えん》の読みで『まどか』と呼んでいました」

磯松が言った。

「ああ、いい響きですね」

真造がすぐさま答えた。

「かわいい名前で」

おみねが笑みを浮かべる。

「では、まどかで」

真造が言った。

「呼びかけてごらん」

おみねが円造に言った。

「まどか、よろしくね」

円造が娘のからくり人形に言った。

四

「おう、お披露目は終わったのか」

姿を現した大河内同心が言った。

今日、おもかげ堂のきょうだいがからくり人形を運んでくることは分かっていたようだ。

「ええ。これから競走をさせようかと」

玖美が笑顔で答えた。

「それはかわら版の埋め草になりますな」

同心と一緒に入ってきた蔵臼錦之助が言った。

「うちの見世の場所はご内密に」

いくぶん声を落として、磯松が言った。

「注文が殺到でもしたら困るからな」

大河内同心がにやりと笑った。

「ええ。うちは引札なしでやっておりますので」

おもかげ堂のあるじが答えた。

「うちでしたら、いくらでもお願いします」

おみねがそう言ったから、わん屋に和気が漂った。

「なら、書いときましょう」

蔵臼錦之助が言った。

ほどなく支度が調った。

「わたしが円太郎に載せるから、おまえはまどかにね」

湯呑みを手にしたおみねが言った。

「うんっ」

円造がうなずく。

「どっちが勝つかな」

と、家主。

「いい勝負でしょう」

的屋のあるじも見守る。

「なら、行くわよ。一《ひ》の二《ふ》の……」

円造も湯呑みを構える。

「三《み》っ」

二体のからくり人形の手に、ほぼ同時に湯呑みが置かれた。

かたかた、かたかた……。

円太郎が動く。

かたかた、かたかた……。

負けじとまどかも追う。

「わあ、いい勝負」

円造が声をあげた。

わん屋の跡取り息子は上機嫌だ。

「はい、折り返し」

「しっかり」

母とせがれが湯呑みを取り上げた。

「いい顔だ」

にっこり笑ったからくり人形を見て、大河内同心が言った。

「円太郎はちょっと曲がったわね」

おみねが言った。

「まどかはまっすぐ戻ってるよ」

座敷をゆっくり歩きながら、円造が指さした。

「いずれが勝るか、兄か妹か。からくり人形の競走はいよいよ佳境なり」

蔵臼錦之助が芝居がかった口調で言った。

「あっ、まどかが勝つよ」

円造の声が高くなった。

初めは少し劣っていた娘の人形だが、まっすぐ動いたおかげで兄より先んじるようになった。

「もうちょっと、ここまでしっかり」

わが子に向かうように、おみねが声援を送った。

「妹の勝ちなり」

蔵臼錦之助が右手を挙げた。

「やったあ。すごいね、まどか」

満面の笑みで、円造が言った。

五

ひと幕が終わり、家主と的屋のあるじが腰を上げた。

代わりにおもかげ堂のきょうだいが一枚板の席に座った。久々にわん屋の料理を味わう構えだ。

まず供せられたのは、松笠慈姑《まつかさくわい》だった。

「おもかげ堂のむきものに合わせたのかい」

引き続き一枚板の席に陣取っている大河内同心が言った。

「とても足下にも及びませんが」

真造が謙遜して言った。

おもかげ堂のきょうだいが使える技は、神木を使ったからくり尾行だけではない。人参や甘藷などの野菜に巧みに包丁や鑿を入れ、さまざまな「むきもの」をつくって頼み主の思い出の場面をかたどる「おもかげ料理」もある。

むきものに息吹を込めれば、不思議や、思い出の場面がありありと立ち現れる。いまは亡き人の面影がくきやかに顕《た》つ。木地師の血を引くおもかげ堂のきょうだいにしか使えない大技だ。

「味がしみていておいしいです」

松笠慈姑を食した磯松が言った。

慈姑を松笠に見立てたむきものにする。これをこんがりと色がつくまで揚げる。それから湯をかけて油抜きをするのが勘どころだ。味の通りが格段に良くなる。

これを八方だしで煮る。

だしが十に、味醂《みりん》と薄口醤油が一ずつの割りだ。

追いがつおをするのが第二の勘どころだ。火が通ったら、冷めるまでじっくりと待つ。そうすればだんだんに味がしみわたっていく。

「次は普通の煮物などをお持ちします」

真造は一礼して厨に戻っていった。

「お待たせいたしました」

今度はおみねが風呂吹き大根を運んできた。

これは蔵臼錦之助の好物でもある。

さらに、金時人参と甘藷と厚揚げの煮物も出た。おもかげ堂がむきものに用いる野菜を使った煮物だ。甘みの強い金時人参の赤と、甘藷の黄金色が目に鮮やかだ。厚揚げも存分に味を吸っている。

「相変わらずうめえな」

大河内同心がうなった。

「見てよし、食べてよしですね」

磯松が満足げに言う。

「ほんと、おいしい」

玖美が笑みを浮かべた。

「やつがれにはこたえられない野菜づくしで」

蔵臼錦之助がそう言って、味噌をたっぷりつけた風呂吹き大根を口中に投じた。

「大河内さまには寒鰤の照り焼きを」

厨から真造が言った。

「おう、頼むぜ」

同心がにやりと笑った。

「今度は円太郎が勝った」

座敷で円造が声をあげた。

「あんまり使いすぎたら、また具合が悪くなっちゃうわよ」

おみねが言う。

「うん」

円造はいくらかあいまいな顔つきでうなずいた。

「しっかりつくってあるから、そうそうは壊れないよ」

と、磯松。

「でも、大事に使ってあげてね」

玖美も言った。

「うん、大事にする」

わん屋の跡取り息子の表情が引き締まった。

六

ややあって、そろいの半纏姿の左官衆がつれだってやってきた。若い左官の一人に子ができた祝いごとだという。さっそく座敷に上がり、囲炉裏端に陣取った。

「囲炉裏端が空いててよかったな」

親方が言う。

「何にしますかい」

「あったまるものがいいな」

「祝いごとだから、鯛も食いてえ」

左官衆は口々に言った。

「ほうとう鍋に味噌煮込みうどん、煮奴におっきりこみおでん。何でもできますよ」

おみねが唄うように言った。

「鯛の切り身の煮物もお持ちします」

真造が厨から声をあげた。

「おう、どんどん持ってきてくんな」

「酒もな」

「おめえが主役だから、こっちに座れ」

親方が若い左官に言った。

「へい」

男っぷりのいい左官が上座に座る。

ほどなく注文が決まった。囲炉裏の火にかけられるのは、おっきりこみおでんの鍋だ。

「動かしていい？」

円造がからくり人形を指さした。

「いいわよ、祝いごとの余興にもなるし」

おみねがすぐさま答えた。

「おっ、一つ増えてるじゃねえか」

左官の親方が気づいて言った。

「今日、お披露目になったばかりで。からくり人形の円太郎に、まどかという妹ができたんですよ」

おみねが笑顔で答えた。

「そりゃあ、験がいいぜ。男でも女でも、どっちが生まれてもいいや」

親方が笑った。

「男《おのこ》か女《おなご》か、さてはてどちらが生まれるか、からくり人形の競走で占ってみましょう。いざいざ、勝負」

蔵臼錦之助が即興で口上を述べた。

「競走させるのかい」

「そりゃいいや」

「どっちも気張れ」

左官衆から声が飛んだ。

「なら、行くわよ、円造」

おみねが湯呑みを手に取った。

「うん」

円造も続く。

「気張ってね、まどか」

「円太郎も」

おもかげ堂のきょうだいが言った。

「なら、合図はやつがれが」

蔵臼錦之助が立ち上がった。

「始めっ」

戯作者が右手を振り下ろす。

からくり人形の手に、同時に湯呑みが置かれた。

「おっ、動いたぜ」

「よくできてるな」

「どっちも気張れ」

左官衆が囃《はや》す。

「いい勝負だ」

「男と女がそろってるからな」

「いっぺんに二人生まれるぜ」

一人が戯《ざ》れ言《ごと》を飛ばした。

おみねは、おや、と思った。

勘ばたらきのようなものが走ったのだ。
「まどか、気張って」
おみねは娘の人形に声をかけた。
かたかた、かたかた……。
からくり人形がけなげに動く。
その背を、わん屋のおかみはじっと見守っていた。

第十章　福のおすそ分け

一

だいぶ葉桜になってしまったが、まだ花がきれいに残っている木もあった。
ここは西ヶ原村――。
依那古神社の鳥居が小さく見える。
ぽくぽく、ぽくぽく……。
落ち着いた足音を立てながら、真っ白な神馬が歩く。
浄雪だ。
もうかなりの歳の神馬が、のどかな田舎道をのんびりと歩いている。
手綱を取っているのは、宮司の真斎だった。
清浄な狩衣《かりぎぬ》姿の宮司が神馬を引いて歩いている。

かつては馬に乗っていた。ときには早駆けもした。

しかし、浄雪はもう歳だ。負担にならないように、真斎はゆっくりと手綱を引いて歩いていた。

「いいお天気ですね、宮司さま」

野良仕事の男が声をかけた。

「ええ。気持ちのいい空です」

真斎は空を見上げた。

「こういう穏やかな日が続くといいですな」

日焼けした顔の男が言った。

「まったくです。では」

依那古神社の宮司は一礼してから戻っていった。

知る人ぞ知る邪気祓いの社《やしろ》の上空を鳥が舞っている。その像《すがた》を、真斎はしばらくじっと見ていた。

予感めいたものがあった。

ただし、それが何であるか、真斎にはまだ分からなかった。

「よし、ゆっくり休め」

真斎は浄雪の首筋をなでてやった。

本殿に戻り、白湯《さゆ》を呑んでいると、珍しく飛脚がやってきて文を届けてくれた。

さっそく開く。

「そういうことか」

真斎は独りごちた。

予感めいたものの正体が分かった。

文を読み進めるにつれて、依那古神社の宮司の顔に笑みが浮かんでいった。

二

わんの中食は海老天うどんの膳だった。

大ぶりの海老天が二尾も入っている。茶飯と小鉢もつくから、食べでのある膳だ。

「今日はまた豪勢じゃねえか」

「いや、いつも盛りがいいけどよ」

なじみの大工衆が言った。

「そりゃあ、良いことがあったからな」

一枚板の席の客が言った。

鍛錬館の道場主の柿崎隼人だ。いつもは二幕目だが、今日は珍しく門人たちとともに中食を食べに来ている。

「良いこと、と言いますと？」

「わん屋に何かあったんですかい」

大工衆が問うた。

「言ってよいか、おかみ」

柿崎隼人がおみねに問うた。

おみねはややあいまいな返事をした。

「ええ、まあ」

「なら、伝えよう」

柿崎隼人は一つ間を置いてから言った。

「わん屋のおかみは、このたびめでたく身ごもったのだ」

それを聞いて、おみねが軽くうなずいた。

「へえ、そりゃめでてえな」

「良いこと、の大関みてえなもんだ」

「円造の下か、にぎやかになるな」

大工衆がわいた。

ほかの客にもただちに伝わる。

「お運びは気をつけな」

「すっころんだりしねえように」

「大事なときだからよ」

みな気遣ってくれた。

「なるたけおすずちゃんにやってもらうようにしてますので」

おみねが言った。

「気張ってやってます」

背の高い娘が盆を運びながら明るく言った。

「わたしも厨仕事の合間に運びますので」

真造の声も響く。

「あるじはまず料理をつくりな」

「客が運んでもいいからよ」

「おう、それくらいは手伝うぜ」

気のいい大工衆が言った。

「ありがたく存じます。助かります」

おみねが勘定場から頭を下げた。

「いい知らせを聞いてから食う膳は、ことにうめえな」

「海老天の衣がさくさくで、中はぷりぷりだ」

「うどんもこしがあってうめえ」

「つゆのこくがまたよそと違うからな、わん屋は」

客の評判は上々だった。

朗報があったわん屋の中食の膳は、今日も飛ぶように出て売り切れた。

三

おみねに勘ばたらきが走ったのは、おもかげ堂のきょうだいがまどかを届けてくれた日のことだった。

「いい勝負だ」

「男と女がそろってるからな」

「いっぺんに二人生まれるぜ」

からくり人形の競走を見守っていた左官衆の一人がそんな戯れ言を飛ばしたとき、虫の知らせのようなものがあったのだ。

胃の腑のあたりがむかむかしたとき、もしやと思った。産婆に診てもらったところ、案の定だった。おみねはややこを身ごもっていた。

「それにしても、おめでた続きだねえ」

大黒屋の隠居の七兵衛が笑みを浮かべた。

「続くときは続くもので」

人情家主の善之助が和す。

「うちのに続いて、わん屋のおかみも身ごもるとは。いや、その前に竜之進さまのとこがおめでたの初めで」

千之助がそう言って、湯呑みの茶を啜った。

「家にいてやらなくてもいいのかい」

七兵衛が問うた。

「長屋の女房衆が見てくれてますんで。亭主は外で稼がねえと」

御用組のつとめがある男が答えた。

「うちは同じ見世なので」

おみねが厨のほうを見た。

「精のつく料理をまかないで出すようにします」

真造が言った。

「そりゃあいいね」

七兵衛が笑みを浮かべた。

「けさは玉子を多めに仕入れてくれたんで」

と、おみね。

「あとでまかないで玉子雑炊を出すつもりです」

真造が言う。

「おみかにも食わせたいくらいで」

千之助が言った。

「安産のお参りはしてるのかい」

家主がたずねた。

「そりゃあもう。おいらは外へ出るたびにほうぼうにお参りしてまさ」

千之助は両手を合わせた。

「それはきっとご利益があるよ」

七兵衛が温顔で言う。

「みな無事に生まれるといいわね」

おみねが帯に手をやった。

「新たなからくり人形が娘だったから、きっとややこもそうでしょう。うちはどうか分からねえけど」

千之助が言った。

「そうかしら」

おみねが小首をかしげた。

「おいらの勘は当たるから」

忍びの血を引く男が白い歯を見せた。

四

わん屋ののれんがしまわれた。

厨の火も落とされる。

真造が最後につくったのは、玉子雑炊だった。

ややこを身ごもったおみねばかりでなく、円造の分もある。

「なら、座敷でみなで食べましょう」

おみねが言った。

「うん」

円造が答えた。

今日も円太郎とまどかと遊んだが、使いすぎないように回数を決めていた。円太郎の調子が悪くなって修理に出さざるをえなくなったことで一つ学んだようだ。

「よし、運ぶぞ」

真造が盆を運んでいった。

「わあ、おいしそう」

円造が笑みを浮かべる。

碗が三つ。一つは小ぶりだ。

「熱いから、やけどしないようにな」

真造がそう言って、一つずつ碗を置いていった。

「ちゃんとふうふうしてね」

おみねが言う。

「うんっ」

円造は元気よく答えた。

「じゃあ、いただきます」

おみねは両手を合わせてから匙を手に取った。

「ふうふう、ふうふう」

円造が玉子雑炊に息を吹きかける。

「匙にすくってから、ふうふうしろ」

真造が言った。

「食べる分だけ冷ますの。こうやって」

母が手本を見せた。

「ふうふう、ふうふう……」

息子が真似る。

真造が味見をした。

「玉子だけだが、ちょうどいい」

わん屋のあるじがうなずいた。

おみねが続く。

「ほんと……おいしい」

玉子雑炊を味わったおみねが、しみじみと言った。

具は玉子だけだが、塩気がいい塩梅に効いていた。

心にしみる味だ。

最後に、円造が匙を口に運んだ。

「熱くないか？」

父が問う。

こくりとうなずいてから、円造は玉子雑炊を胃の腑に落とした。

「おいしい？」

今度は母がたずねた。

「……おいしい」

円造は笑顔で答えた。

五

「竜之進のところもいたって順調のようだ」

海津与力が言った。

しばらく経った二幕目のわん屋だ。

「それはようございました」

おみねが笑みを浮かべた。

「このあいだ寄ってみたが、千之助の女房も達者そうだった」

大河内同心がそう言って、たらの芽の天麩羅に箸を伸ばした。

春は海山の幸がうまい季《とき》だ。いまは山菜の天麩羅の盛り合わせが出ている。

筍、山独活《やまうど》、こごみ、蕗《ふき》の薹《とう》。どれもさくっと揚がっている。

「おみかちゃんなら、心配ないでしょう」

おみねが答えた。

「かわら版の埋め草に使ってもいいでしょうかねえ」

蔵臼錦之助が言った。

「と言いますと？」

おみねが問う。

「次から次へとややこができたので、開運わん市の引札も兼ねて、読者にも福のおすそ分けをと」

戯作者が答えた。

「それは名案ですな、先生」

御用組のかしらがそう言って、焼き蛤《はま》に箸を伸ばした。

山の幸が山菜なら、海のほうは貝だ。

今日は打ち合わせるといい音がする蛤《はまぐり》が入った。焼き蛤に蛤吸い、田楽の支度もしている。

「悪者退治も一段落ついたし、ほっとひと息ですな、かしら」

大河内同心がそう言って海津与力に酒をついだ。

「そうだな。今日はいい日和で、お江戸晴れだった」

御用組のかしらが笑みを浮かべる。

「お江戸晴れですか。それもちらりと入れましょう」

蔵臼錦之助がうなずいた。

そのとき……。

おみねがふとこめかみに指をやった。

「どうした。頭が痛いのか」

真造が気づいて言った。

「いえ、ちょっと勘みたいなものが」

おみねはいくらかあいまいな顔つきで答えた。

「また勘ばたらきか？」

と、真造。

「さあ」

おみねは首をかしげた。

ほどなく、ささやかな謎が解けた。

わん屋に一人の男が姿を現したのだ。

その男は、狩衣と袴《はかま》をまとっていた。

「兄さん」

真造が驚きの声をあげた。

わん屋に現れたのは、依那古神社の宮司だった。

畏み畏み申す……

六

わん屋の座敷でよく通る声が響いた。

真斎が一礼する。

座敷に座ったおみねの前で、いま安産祈願の祝詞が終わったところだ。

「ありがたく存じました」

おみねが礼を述べた。

「わざわざ来てもらってすまないね、兄さん」

真造も厨を出て言った。

「おめでたい文が来たからには、ひと肌脱がねばな」

長兄が白い歯を見せた。

「これで安産間違いなしで」

海津与力が笑みを浮かべた。

かつて行われた「大江戸三つくらべ」では、水練が得意な御用組の海津与力が大川を泳ぎ、依那古神社の宮司の神馬につないだ。当時はまだ江戸まで来られた浄雪だが、早駆けはできないため真斎が悠然と馬を進め、走り役の千之助につないだ。そんな縁がある。

「江戸の無事も祈ってくださいましよ」

大河内同心が言った。

「それはもう、毎日祈っておりますよ」

狩衣姿の宮司が答えた。

蔵臼錦之助はさらさらと筆を動かしていた。かわら版に載せるための下書きだ。

「神社の場所はご内密に」

真斎が言った。

依那古神社は知る人ぞ知る社だ。評判を聞いて大勢の参拝客に来られても対応ができない。

「心得ております」

戯作者が答えた。

「せっかく来ていただいたので、この子のほうも」

おみねがまどかで遊びだした円造のほうを手で示した。

「承知しました」

宮司は快く請け合った。

「お祓いをしておもらい、円造」

おみねが声をかけた。

「おはらい？」

円造が問う。

「そう。おまえが無事に育つように、宮司さまにありがたい祝詞を唱えていただくの」

おみねが答えた。

「まどかと一緒でいい？　まどかのおはらいも」

からくり人形を抱いた跡取り息子がたずねた。

「そうだな。壊れたりしないように」

真造が笑みを浮かべた。

「分かった。一緒にやろう」

いったん座って茶を呑んでいた宮司がまた立ち上がった。

「わあい」

円造が声をあげた。

ややあって、わん屋の座敷でよく通る祝詞の声がまた響きはじめた。

七

「そろそろ初鰹《はつがつお》の季節だな」

わん屋の中食の客が言った。

「出るとこには出るだろうがよ」

そのつれが言う。

「それじゃ、幽的みてえだぜ」

客が妙な手つきをした。

「うちではまだ出せませんので」

おみねが言った。

体調に変わりないとはいえ、お運びはおすずともう一人の手伝い役に任せて勘定場に座っている。

「はい、筍づくしの膳、お待たせいたしました」

おすずがいい声を響かせた。

「こちらにもどうぞ」

左官の女房が膳を運ぶ。

人情家主の善之助が店子《たなこ》に声をかけて、お運び役を募ってくれた。少しでも稼ぎになればと手を挙げてくれた女だ。きびきびとよく働いてくれるから大助かりだ。

「おっ、来た来た」

「筍飯の盛りがいいぜ」

客の手が次々に伸びる。

客の言うとおり、見るからに盛りのいい筍飯の丼がでんと盆に載っている。筍と油揚げに大豆も入っている。大工をはじめとして、汗をかく仕事の客がわりかた多いから、濃いめの味つけだ。濃口醬油を使っているから、味がしっかりついていた。

「筍の天麩羅がさくさくだ」

「煮付けもうめえ」

「若布《わかめ》と合わせた若竹汁もうめえぞ」

ほうぼうから声があがった。

「もう少ししたら、鰹も中食にお出ししますので」

おみねが明るく言った。

「おう、待ってるぜ」

「楽しみだ」

「ずっとわん屋に通わなきゃな」

客が口々に言った。

「毎度ありがたく存じます」

「ありがたく存じます」

おみねと真造の声がそろう。

わん屋の筍づくしの膳は、好評のうちに売り切れた。

八

わん屋にかわら版が届けられたのは、その日の二幕目のことだった。

「刷りたてのを持ってきましたぜ」

そう言って刷り物をかざしたのは千之助だった。

「やつがれの自信作です」

一緒に入ってきた蔵臼錦之助が言った。

「これから両国橋の西詰で売ってきますんで」

千之助が言う。

「まずは初めの一枚をば」

蔵臼錦之助が笑みを浮かべた。

「なら、わたしもいただくよ」

大黒屋の隠居が手を伸ばした。

「わたしにもおくれでないか」

紅屋の隠居も続く。

「毎度ありがたく存じます」

蔵臼錦之助が妙な所作でかわら版を渡した。

「これからすぐ行きます？」

おみねが問うた。

「売りつくしたらまた来まさ」

千之助が答えた。

「じっくり読ませてもらうよ」

七兵衛が言った。

「いや、埋め草なのですぐ読み終わりますが」

蔵臼錦之助が答えた。

そんな調子で、戯作者と千之助があきないに出ていった。

春らしい白魚の筏焼きを肴に呑んでいた二人の隠居がさっそくかわら版に目を通す。

こう書かれていた。

開運わん市といへば、季節ごとに愛宕権現裏の光輪寺にて催される縁起物の市なり。江戸に住まふ者に幸ひが訪れ、すべてが円くおさまるやうにといふ願ひをこめて、円き器や盆や盥などがあきなはれてゐをり。

縁起物をあきなふ御利益ならん、わん市にかかはる者におめでたが続けり。まづ、薬研堀の三十八文見世えん屋の女房がややこを身ごもれり。さらに、通油町のわん屋にてお運びをしてをりし若女房も続きたり。
真打ちは、ほかならぬわん屋のおかみなり。すべての料理を円き器にて供する
わん屋のおかみまで身ごもるとは、今年の江戸はこの先もおめでた続きならん。
さる徳の高き神官のお祓ひも済みたれば、万全至極なり。善哉、善哉。

「次のわん市がまた盛況になるね。ありがたいことだ」

七兵衛が恵比須顔で言った。

「わん屋さんも大繁盛でしょう」

清兵衛も言う。

「ちょっと恥ずかしいですけど」

と、おみね。

「ここからまたいいことが続いていくよ」

七兵衛がそう言って、猪口の酒を呑み干した。

「もとはと言えば、郷里《さと》の三峯大権現から嬉《うれ》しい便りが届いたところからいいことが重なったので」

おみねが言った。

「妹の真沙に文を書いて送っておきました。こちらもややこができそうだと」

厨から次の料理を運んできた真造が伝えた。

「そりゃあ喜ぶよ」

大黒屋の隠居が笑みを浮かべた。

「お待たせいたしました」

真造が大きめの円皿を置いた。

木の芽田楽だ。

豆腐と筍の二種が互い違いに並んでいる。

「どちらから食べるか迷いますね、大旦那さま」

お付きの巳之吉が言った。

「はは、そうだね。おまえはご飯も食べるか？　味噌をたっぷりつけて、ほかほかのご飯にのせて食べるとおいしいよ」

七兵衛が温顔で言った。

「それはもう、頂戴します」

手代が勢いこんで答えたから、わん屋に和気が漂った。

「この調子で、お江戸晴れが続くといいね」

紅屋の隠居が言った。

「続きますよ、きっと」

おみねのほおにえくぼが浮かんだ。

終章　お江戸晴れ

一

　三峯にはまだかろうじて花が残っていた。

　江戸から講を組んでやってくる者も多い。三峯大権現は、一生に一度はお参りしておきたい場所だ。

　その奥にある神官の住まいからも、わずかに桜が見えた。

「今年の花は、ひと味違うな」

　文佐が言った。

　三峯大権現の宿坊を預かる料理人だ。江戸のわん屋で修業をして帰ったあとも研鑽《けんさん》を怠らず、客がうなる精進料理を提供している。

「ほんと……やっと花が咲いてくれたので」

真沙が笑みを浮かべた。

その腕の中では、ややこが気持ちよさそうに眠っていた。

「初めの子はかわいそうなことになってしまったから」

文佐はそう言って茶を啜った。

ひと休みしたら、また宿坊の厨のつとめがある。

「とにかく、何事もなく育ってくれれば」

ややこを見て、真沙が言った。

江戸へ喜びの文を送ったときのややこは、残念ながら育たなかった。

それだけに「今度こそ」の思いが強い。

「そう祈るしかないね」

文佐が言った。

「江戸から来た文によると、いちばん上の兄がわん屋に来たときに、うちの子の祈願もしてくれたそうだから」

真沙が笑みを浮かべた。

「依那古神社の宮司さんが祈願をしてくださったのなら大丈夫だね」

文佐が白い歯を見せた。

「それにしても、月日が経つのはあっという間ね。円造ちゃんに妹ができたんだから」

と、真沙。

「うちの子とも姉妹みたいなもので」

文佐がそう言って茶を呑み干した。

「そうね、円つながりで」

真沙が眠っている赤子をやさしく揺すった。

円い器ばかり用いる江戸のわん屋にもちなんで、ややこにはこう名づけた。

おえん

縁結びの「縁」とも掛けてある。義理の父の浄観《じょうかん》も、母の多映《たえ》も、二人の兄もいい名だと言ってくれた。

「あっ、起きた」

真沙が言った。

目を覚ましたと思ったら、ややこはやにわに泣きだした。

「お乳かい？」

若い母親が訊く。

「なら、わたしはつとめに戻るよ。稼がないと」

戯れ言まじりに言うと、文佐は腰を上げた。

「気張ってね。……はいはい、お乳をあげるから」

わが子のたしかな重みを感じながら、真沙は言った。

二

同じころ――。

薬研堀のえん屋ののれんを一人の男がくぐった。

「まあ、だれかと思ったら」

勘定場に座っていたおちさが笑みを浮かべた。

「おつとめ、ご苦労さまでございます」

棚の整理をしていた竜之進が軽く頭を下げた。

「ここんとこ、着流しばかりだったからな。今日は町方の隠密廻りのやつしだ」

そう言って笑ったのは大河内同心だった。

頬被りをして箱を提げている。釘《くぎ》売りのやつしだ。

「本業は御用組ですからね」

竜之進が言った。

「声が高《たけ》えぜ」

大河内同心は唇の前に指を一本立てた。

「相済みません」

竜之進は声を落とした。

同心がたずねた。

「その後、身の調子はどうだ、おかみ」

「ええ。産婆さんも、これなら大丈夫だと言ってくださいました」

おちさは明るい表情で答えた。

「昨日はわん屋さんの味を思い出して、わたくしが玉子雑炊をつくりました」

竜之進が言った。

「おまえさんが料理を？」

大河内同心が驚いたように問う。

「しなくていいって言ったんですけど」

おちさが言った。

「で、味はどうだったたい」

同心はおちさにたずねた。

「少し塩気が足りませんでしたが、心がこもっていておいしかったです」

おちさは笑みを浮かべた。

「そりゃ何よりだ。ややこの養いにもなっただろう」

大河内同心が帯を軽くたたいた。

「そう思ってつくりました」

竜之進が白い歯を見せた。

ここで客が来た。

勘定場へ品を運んでいく。円い丼だ。

「ありがたく存じます。いまお包みしますので」

えん屋のおかみの声が弾んだ。

三

次のわん講の日が来た。

二幕目の座敷は貸し切りになり、囲炉裏に火が入った。

「そうやって競わせてるのかい」

椀づくりの親方の太平が言った。

「うん」

円造が答える。

円太郎とまどか、二体の茶運び人形がかたかたと動いている。どちらも軽快な動きだ。

「お待たせいたしました」

おすずが酒器を載せた盆を運んでいった。

身重のおみねに代わって、よく働いてくれている。

「今日は浜鍋で」

真造が鍋を運ぶ。

寒い時季はほうとうやおっきりこみおでん、あるいは味噌煮込みうどんや湯豆腐などの鍋だったが、囲炉裏にかかるものが変わった。

「季を感じるね」

肝煎りの七兵衛が言った。

「わん屋の中食に鰹が出たと思ったら、あっという間に川開きでさ」

竹箸づくりの富松が言った。

おちさの兄も、常磐津の師匠の志津と仲むつまじく暮らしているようだ。

「わん市もあっという間ですね」

美濃屋の正作が言った。

「ほんとだよ。すぐ次のが来るので」

七兵衛が苦笑いを浮かべた。

「まあしかし、わん市は回を重ねるたびに盛況で」

一枚板の席に陣取った蔵臼錦之助が言った。

「先生の引札のおかげですよ」

大黒屋の隠居が持ち上げる。

「かわら版を見て、うちに来てくださったお客さんもいらっしゃいますから」

厨の床几《しょうぎ》に腰かけたおみねが言った。
先日は真造と二人で水天宮へお参りを済ませた。こちらもいたって順調だ。
「それは書いた甲斐がありましたな」
蔵臼錦之助が満足げに言った。
浜鍋がだんだん頃合いになってきた。
浜の漁師が獲《と》ったものをすぐ鍋にして食べたところからその名がついた。
まず鍋に味噌を塗り、いくぶん焦がしてから水でのばすところが勘どころだ。
これで風味が増す。
ほかに昆布と酒、隠し味に味醂を入れる。濃い味つけはいらない。
海老に蛤に鯛。食材から存分にいいだしが出る。
豆腐、蒟蒻、厚揚げ。大根、人参、葱。
なんとも具だくさんの鍋だ。
「うちの椀に取り分けましょう」
真次が木目の美しい椀を手に取った。
「あとでおじやにするんで」
真造が厨から出てきて言った。

「それが楽しみで」

「おなかが鳴りました」

お付きの手代衆が笑みを浮かべる。

「やつがれは田楽を」

一枚板の席の戯作者が串に手を伸ばした。

浜鍋を取り分けると、いくらか生臭いところも入ってしまうが、これなら大丈夫だ。

具があらかた平らげられたところでおじやになった。

おみねが玉子を入れた笊《ざる》を運んでいく。

「調子はどうだい、おかみ」

太平がたずねた。

「ええ、おかげさまで。毎日、玉子を食べて精をつけるようにしていますので」

おみねが答えた。

「休みも増やすようにしていますから」

追加のだしと飯を持ってきた真造が言う。

「そりゃあ何よりだ」

七兵衛が笑みを浮かべた。

玉子と飯とだしが手際よく足された。

「おかみもどうだい。精がつくよ」

美濃屋の正作が水を向けた。

「じゃあ、少しいただきます」

わんや屋のおかみが笑顔で答えた。

四

中食に鰹が出たのは、それからまもなくのことだった。

わん屋の前にこんな貼り紙が出た。

けふの中食
ことし初めてのかつを
かつをの手こねずし膳
みそ汁、小ばちつき

四十食かぎり　四十文

「おっ、鰹が出やがったな」

「出やがった、はねえだろ」

「手捏《てこ》ね寿司はうめえんだ」

「よし入《へえ》るぜ」

なじみの大工衆が勇んでのれんをくぐってきた。

「初鰹だな」

「もうほうぼうで出てるぜ」

「いや、わん屋じゃ初めてだから初鰹だ」

今度は植木の職人衆がにぎやかに入ってきた。

「いらっしゃいまし。空いているお席へどうぞ」

おみねが勘定場から声をかけた。

「こちら、お相席でお願いします」

おすずが一枚板の席を手で示した。

「あ、はい」

初めて見る若者が、いくぶん緊張気味に腰を下ろした。

中食の客はおおむね常連だが、たまには初顔もいる。

「わたしが運ぶよ」

手伝おうとしたおみねを制して、真造が膳を運びだした。

とにかく、無理をさせないことが肝要だ。

「お待たせいたしました。鰹の手捏ね寿司の膳でございます」

真造は初顔の若者の前に膳を置いた。

整った顔立ちの若者が無言でうなずく。

まだ表情がかなり硬かった。ふところからは、ちらりと刷り物のようなものがのぞいていた。

「手捏ね寿司はうめえな」

「鰹と酢飯が合っててよう」

「薬味もさわやかだぜ」

評判は上々だった。

鰹の身をそぎ切りにしてづけにする。醬油が二で味醂の一のつけ汁にほどよくつけ、汁気を拭き取って酢飯に加える。づけの味だけで食べる寿司だから、酢飯はしっかりめに味をつけておくのが骨法だ。

薬味は白胡麻と青紫蘇《あおじそ》と生姜。青紫蘇はせん切り、生姜はみじん切りにする。

さらに、ちぎった焼き海苔を散らす。これで手捏ね寿司の味がぎゅっと締まる。

膳には味噌汁と小鉢もつく。さっぱりとした豆腐と葱の味噌汁と、三河島菜の胡麻和えだ。箸休めにちょうどいい。

「いかがですか？」

ゆっくりと味わいながら食していた若者に向かって、おすずが物おじせずに訊いた。

「あっ、いや、とってもおいしいです」

若者が少し動揺しながら答えた。

「うふふ」

背の高い娘が笑う。

若者も初めて表情をやわらげた。

「かー、うまかったぜ」

「うめえもんは、すぐなくなっちまうな」

「てめえが食ったんだから、どこにも文句は言えねえがよ」

大工衆が口々にさえずりながら腰を上げた。

「毎度ありがたく存じました」

おみねが客に声をかけた。

「おう、うまかったぜ」

「毎日、鰹でもいいぞ」

弾んだ声が返る。

「名物の梅たたきに竜田揚げ、鰹だけでもいろいろお出しできますので」

わん屋のおかみが言った。

「楽しみにしてるぜ」

「おかみも気をつけて、いい子を産みな」

客が言った。

「まだちょっと早いので」

おみねが笑顔で答えた。

五

あら、とおみねは思った。

例の初顔の若者がまた入ってきたのだ。

「お忘れ物でしょうか」

おみねがたずねた。

一枚板の席を拭いていたおすずも顔を上げて見る。

「いえ」

若者は思いつめた表情で近づいてきた。

「お頼みしたいことがありまして」

若者はふところから刷り物を取り出した。

蔵臼錦之助が文案を担った、あのかわら版だ。

縁起物をあきなふ御利益ならん、わん市にかかはる者におめでたが続けり。まづ、薬研堀の三十八文見世えん屋の女房がややこを身ごもれり。さらに、通油町のわん屋にてお運びをしてをりし若女房も続きたり。

真打ちは、ほかならぬわん屋のおかみなり。すべての料理を円き器にて供するわん屋のおかみまで身ごもるとは、今年の江戸はこの先もおめでた続きならん。


そう記されている。


「何でしょうか」

真造が厨から出てきた。

「おいらは卯之吉《うのきち》といいます。川崎大師《かわさきだいし》の近くから来ました」

若者はそう告げた。

「まあ、川崎からわざわざ」

おみねが言った。

「はい。江戸で料理の修業をと思い立って来たときに、このかわら版を見て、これだと思ったもので」

卯之吉は引き締まった表情で言った。

「料理の修業を？」

おみねが問う。

「さようです。うちは料理屋だったんですが、おっかさんが病で早死にしちまってからおとっつぁんが気落ちしてしまって、そのうちおとっつぁんまで後を追うように死んじまって……」

卯之吉の顔つきが曇った。

「二幕目まで間がある。まあそこに座りなさい」

真造は一枚板の席を手で示した。

「お茶を出すわね」

おみねが動いた。

「わたしがやりますので、おかみさん」

おすずが右手を挙げた。

「そう、悪いわね」

おみねは手伝いの娘に託した。

ほどなく、茶が出た。

わん屋の二人は、腰を据えて若者の話を聞く構えになった。

六

卯之吉の父は腕のいい料理人だった。

父の背を見て育った卯之吉も、わらべのころから料理人になるつもりだった。見世は川崎大師の門前町の外れにあった。彩屋《さいや》という名で、その名のとおり、彩り豊かな料理が売り物だった。

しかし……。

母がはやり病であっけなく亡くなり、気落ちした父も亡くなってしまった。まだわらべだった卯之吉に見世を継ぐことはできない。ほかに料理人もいない。彩屋ののれんはしまわざるをえなくなった。

いつかは料理の修業をして、また彩屋ののれんを出したい。

そんな思いを胸に、卯之吉は暮らしてきた。

しばらくは縁者のもとに身を寄せていたが、癇《かん》の強い女から厄介者扱いされてしまったのをしおに家を出た。

その後は魚河岸で働きながら一人で暮らしていた。力仕事をしながらも、頭の中では魚をさばいて料理をつくることばかり考えていた。

「苦労をしたのね」

おみねがしみじみと言った。

いくらか離れたところでおすずもうなずく。

「おいら、やっぱりおとっつぁんの跡を継いで料理人になりたくて」

卯之吉が言った。

「うちでいいのか。江戸にはほかにいくらでも名店があるぞ」

真造が訊いた。

「はい。ぜひよろしゅうに」

卯之吉は頭を下げた。

さらに続ける。

「おめでた続きで、円い器に福が来るわん屋さんで修業させていただきたいです。川崎では悲しいことが続いたもので」

卯之吉が思いつめた表情で言った。

それを聞いて、おすずが目元に指をやった。

「それなら、教えられることは教えるよ」

真造が笑みを浮かべた。

「あ、ありがたく存じます」

卯之吉は深々と頭を下げた。

ほどなく、人情家主の善之助が姿を見せた。

渡りに船だ。

「そういうことだったら、空きのある長屋を紹介するよ。そこから通えばいい」

善之助は快くそう言ってくれた。

「ありがたく存じます」

卯之吉の声が弾んだ。

場所を聞くと、おすずの住まいに近かった。これも一つの縁だ。

「包丁などはそろってるか」

真造が訊いた。

「おとっつぁんの形見の包丁を肌身離さず持ってます」

卯之吉はふところに手をやった。

「よし。なら、明日から頼むよ」

真造が言った。

「はいっ」

新たな弟子がいい声で答えた。

七

翌日のわん屋の中食は、山菜おこわに鯛の刺身、それに浅蜊《あさり》汁とお浸しがついた膳だった。

「今日は海と山の幸だな」

「彩りもいいぜ」

「どれもうめえや」

客の評判は上々だった。

「お待たせいたしました」

「海山の幸膳でございます」

次々に膳が運ばれていく。

「おっ、初めて見る顔だな」

卯之吉を見て、なじみの左官衆の一人が言った。

「はい。今日から修業させていただいています」

卯之吉が答えた。

「そうかい。どこから来たんだい」

「川崎からで」

「お大師さまの門前にお見世があったそうで」

おすずが伝えた。

「いまはねえのかい」

客の一人がたずねた。

「おとっつぁんが病で亡くなって、そのころはまだわらべだったもんで」

卯之吉が答えた。

「いつかまたお見世を出そうと、今日からうちで修業を始めたところなんです」

おみねが言った。

「そうかい。そりゃ気張りな」

「おとっつぁんも空から見てくれてるからよ」

情のある客が口々に励ましてくれた。

「鯛の刺身は弟子にやらせてみたのですが、なかなか筋がいいです」

厨から真造が言った。

「へえ、初日から刺身とは頼もしいな」

「それなら見世持ちも早《はえ》えぜ」

客が感心したように言った。

「魚河岸で働いてたので、おとっつぁんの形見の包丁で魚をさばく稽古をしてました」

卯之吉が言った。

「とっても器用なんですよ、卯之吉さん」

おすずが笑みを浮かべた。

「いや、味つけとか、揚げ物とか、学ぶことはたんとあるから」

卯之吉はいい顔つきで答えた。

「気張ってやりな」

「腕が上がったかどうか、食いに来てやるからよ」

「わん屋へ来る楽しみが増えたぜ」

ほうぼうから声が飛んだ。

「へい、気張ってやります」

ねじり鉢巻きをした若者が気の入った声を発した。

八

二幕目に入った。

打ち合わせを兼ねて御用組の面々が一枚板の席で呑んでいると、珍しい客がのれんをくぐってきた。

「まあ、井筒さま」

おみねが声をあげた。

「無沙汰をしていた。これでもそれなりに御役があるものでな」

着流しの武家が渋く笑った。

大和高旗藩主、井筒美濃守高俊だ。

領地は山間の小藩だが、江戸生まれで大川で水練をしながら育った。かつての三つくらべでは、大和高旗藩も御用組と火消し組と競い合ったものだ。

「お変わりないようで何より」

お忍びの藩主に向かって、御用組のかしらが言った。

「そちらはどうだ」

井筒高俊はいくぶん声を落として問うた。

「諸国を跳梁していた悪党どもはひとまず退治できました」

海津与力が答えた。

「それは重畳」

快男児が白い歯を見せた。

「また新手《あらて》の悪党が出てくるでしょうが」

大河内同心が言った。

「そのたびに退治していきゃいいんで」

千之助が手のひらに拳を打ちつけた。

「その意気だ。……おっ、いい香りがしてきたな」

お忍びの藩主が鼻をうごめかせた。

「昨日入った弟子に蒲焼きの指南をしているところで」

厨から真造が言った。

「ほう、弟子が入ったのか」

お付きの武士の御子柴大膳《みこしばだいぜん》が言った。

「はい、いまは亡き見世をいずれ再興しようと、うちに弟子入りを」

真造が伝える。

「料理人のお父さんが病で早死にしてしまって」

酒を運んできたおみねが伝えた。

「そうか。それは大変だったな」

情に厚い藩主が言った。

ほどなく、蒲焼きが運ばれてきた。

卯之吉ばかりでなく、末松もいる。冬場はおっきりこみおでんの屋台だが、夏場は鰻の蒲焼きをわん屋の厨で仕込んで振り売りに出る。今日はまず蒲焼きのつくり方を伝授したところだ。

「毎日つぎ足しながら使っているたれを、修業が終わったら分けてやろう」

真造が言った。

「何よりのはなむけだな」

井筒高俊が笑みを浮かべた。

「学ぶことばかりで」

卯之吉が緊張気味に答えた。

正体は分からなくても、格の高い客であることは伝わってくる。

「学べ。そして、励め」

大和高旗藩主が言った。

「はい」

卯之吉はいい顔つきで答えた。

蒲焼きの舌だめしになった。

「いつもながら、うまいな」

井筒高俊が満足げに言う。

「どこへ出しても恥ずかしくない味ですね」

御子柴大膳がうなずく。

「蒲焼きは鰻ばかりじゃない。穴子もあれば、秋刀魚などでもいける。中食の丼の顔にもなる。極めれば、これだけでものれんを出せるぞ」

真造の言葉に力がこもった。

「はい、でも、なるたけ多くの料理を学びたいです」

若い料理人が答えた。

「その志があれば、大願は必ず成就しよう」

大和高旗藩主が太鼓判を捺《お》した。

「励めば励むほど、腕が上がるからな」

御用組のかしらも言う。

「はい、励みます」

わん屋の弟子がいい声で答えた。

九

次の休みの日――。

真造とおみねは円造をつれて薬研堀へ向かった。

小さな社やお地蔵さまを見つけるたびにお参りをし、安産の祈願をしながらゆっくりと歩を進めていく。

わらべに歩きどおしはつらいから、真造がかなり抱っこして歩いた。

「えん屋に寄ったあとは、両国橋の西詰の見世で汁粉でも呑んでから帰ろう」

真造が言った。

「おしるこ？」

円造が問う。

「そうだ。おいしい見世を知ってる」

真造は答えた。

「わあい」

わらべの声が弾んだ。

「ひょっとしたら、ばったり会ったりして」

おみねが笑みを浮かべた。

「そのときは、気がつかなかったふりをするか」

真造が笑って答えた。

卯之吉とおすずはずいぶんと気が合うらしく、早くも一緒に汁粉を呑みに行く段取りを整えていた。

「また数珠つなぎの縁がつながりそうね」

と、おみね。

「おすずちゃんは若おかみにぴったりだ」

真造は気の早いことを言った。

「川崎にわん屋の出見世ができればいいわね」

おみねも言う。

「そうだな。彩屋を再興したいという気もあるだろうし、そのあたりは卯之吉次第だ」

真造がうなずいた。

そんな話をしているうちにえん屋に着いた。

「おや、わん屋さん、今日はこちらで」

先客は紅屋の隠居だった。

えん屋の初めての客になった縁で、清兵衛はその後もたまに顔を出してくれているらしい。

「今日はいい日和なので、両国橋の西詰まで行こうかと」

真造が笑みを浮かべた。

「その後はどう？　おちさちゃん」

おみねが気づかった。

「ええ。つわりはそれなりにありますけど、竜之進さまが助けてくださるので」

えん屋のおかみが答えた。

「わん屋の味を思い出して、玉子雑炊をつくったりしています」

竜之進が白い歯を見せた。

「それは何よりで」

おみねのほおにえくぼが浮かんだ。

「いいことばかり続いて、おめでたいかぎりだね」

紅屋の隠居が笑顔で言った。

「次は弟か妹が生まれるよ」

円造が言った。

「そうね。よかったわね」

おちさの顔がほころぶ。

「うんっ」

わらべが元気よくうなずいた。

＋

気持ちのいい青空だった。

今日はお江戸晴れだ。

両国橋の西詰の茶見世で汁粉を呑んだわん屋の三人は、大川端に向かった。

土手から川の流れが見える。光を弾《はじ》く川面《かわも》の遠近《おちこち》に、鮮やかな船の白帆も見えた。

「よし、ここから歩け」

真造が円造を下ろした。

「わん屋まで歩くの？」

円造がやや不安げに言った。

「疲れたらまたおとうが抱っこしてくれるから」

おみねが言った。

「いい風が吹いてるから、行けるところまでおのれの足で歩け」

真造が言った。

「うん」

跡取り息子がうなずいた。

「あっ、きれいな鳥」

おみねが空を指さした。

白い羽の鳥が一羽、悠然と空を舞っている。

「青空に映えるな」

真造が言った。

「わあ、またお船が来た」

円造の声が弾んだ。

「そのうち、船にも乗せてやろう」

真造が言う。

「ほんと？　いつ？」

待ちきれないとばかりに、円造が問うた。

「ややこが生まれて、しばらく経ってからね」

おみねが軽く帯に手をやった。

「うん、楽しみ」

円造が明るい声で答えた。

「楽しみだな」

真造はそう言って、お江戸晴れの空を見上げた。

しばし空を舞っていた白い羽の鳥が悠然と中州に下り立つ。

「無事に生まれてくれそう。そんな気がする」

その姿を見ていたおみねが帯に手をやった。

「明日からまた気張っていこう」

わん屋のあるじの声に力がこもった。

「ええ」

おみねは笑顔で答えた。

［参考文献一覧］

田中博敏『お通し前菜便利集』（柴田書店）
田中博敏『旬ごはんとごはんがわり』（柴田書店）
『人気の日本料理2　一流板前が手ほどきする春夏秋冬の日本料理』（世界文化社）
土井勝『日本のおかず五〇〇選』（テレビ朝日事業局出版部）
『土井善晴の素材のレシピ』（テレビ朝日）
畑耕一郎『プロのためのわかりやすい日本料理』（柴田書店）
『一流料理長の和食宝典』（世界文化社）
野崎洋光『和のおかず決定版』（世界文化社）
『復元・江戸情報地図』（朝日新聞社）
菊地ひと美『江戸衣装図鑑』（東京堂出版）
ウェブサイト「世界の民謡・童謡」

［付記］
第六章のかわら版における「恐い蟹　こはいかに」は故横田順彌氏の持ちネタだったことを明記しておきます。

本書は書き下ろしです。

実業之日本社文庫 く4 13

お江《え》戸《ど》晴《ば》れ　新《しん》・人情料理《にんじょうりょうり》わん屋《や》

2023年6月15日　初版第1刷発行

著　者　倉阪《くらさか》鬼《き》一郎《いちろう》

発行者　岩野裕一
発行所　株式会社実業之日本社
〒107-0062　東京都港区南青山6-6-22 emergence 2
電話［編集］03(6809)0473［販売］03(6809)0495
ホームページ　https://www.j-n.co.jp/
DTP　ラッシュ
印刷所　大日本印刷株式会社
製本所　大日本印刷株式会社

フォーマットデザイン　鈴木正道（Suzuki Design）

ISBN978-4-408-55811-0（第二文芸）